内館 牧子

続 心に情 唇に鬼

SAKIGAKE

さきがけ文庫

目次

※　本書には二〇一八年十月から二〇二二年三月まで秋田魁新報に連載したエッセーを収録しました。文中の肩書きや状況は、すべて当時のままにしてあります。

続　心に情　唇に鬼

「秋田だば何もね」

「犬だけじゃないぞと吠えた秋田県　谷澤裕平」

八月二十六日の読売新聞「よみうり時事川柳」に出ていた一句である。秋田犬が世界的に脚光を浴びる中、高校野球では県立金足《かなあし》農業が「一億総秋田化」と言わせるほどの熱狂を、列島全土に巻き起こした。

このすさまじいフィーバーの中で、私が非常に印象的だったのは、同校のエース吉田輝星《こうせい》投手の言葉である。彼はテレビのインタビューで「力の源は何ですか」という質問をされ、

「宿舎に送ってもらっている『あきたこまち』です」

と答えたのだ。

全国の人が注目していることを承知で「あきたこまち」と明確に、胸を張って名を挙げた。これは農業高校生だからというだけではなく、秋田米のすばらしさを誇って

いればこそ伝えたかったのだと思う。実際、翌日のスーパーではどこもかしこも「あきたこまち」があっという間に完売したとも報じられた。

私は幼い時に秋田を離れたが、この地は風景、農林業、水産業、商業、伝統工芸、文化等々、何を取っても実に豊かで誇るべきものにあふれていると思う。

だが、秋田の大人たちは少なからず言うのだ。

「秋田だば何もね」

何回聞いたかわからない。秋田はいいもの、誇るべきものがふんだんにあるのに、そう言う大人たち。ものを見る能力、認識する能力に欠けているのだ。

かつて、歌手の森進一さんが歌った「襟裳岬」という曲が大ヒットした。その中に「襟裳の春は　何もない春です」という歌詞があった。私の記憶に間違いがなければ、この歌詞に噛《か》みついたのが襟裳に住む人たちだった。「ここは何もないところではない。色々なものがある。この歌詞は許せない」と言うのだ。

土地の人間として、この姿は真っ当だと思う。だが、秋田は自分から、

「何もねどごだ」

と言う。むろん、すべての大人がそうだというのではない。ただ、傾向としてはあるように思わされたし、私は何度も「それ、子供たちの前で言ってないわよね」と心

配した。

大人たちには何の悪気もなく、自分ではあるがままを言っているのだとしても、「秋田だば何もね」というセリフは、明日を拓《ひら》く子供たちにとって、百害あって一利なしである。

ならば、吉田投手の言葉は、最近の若者意識の変化を示しているのか。いや、決してそうではない。秋田の子供には、元々、郷土を誇る気持が備わっていた。その証拠が秋田魁新報の「北斗星」で取り上げられている（二〇一七年十月二日）。

文科省が全国学力テストと同時に行った学習状況調査、その二〇一七年度の結果だ。「地域や社会で起こっている問題や出来事に関心がありますか」という質問に「はい」と答えた秋田の小学六年生は76％に上り、全国平均より12ポイントも高かった。

「地域をより良くするために何をすべきか考えることがある」との回答は60％に上り、全国を17ポイント超上回っている。

そして、「自分には良いところがある」と感じる自己肯定感の高さも秋田の子供たちの特徴だという。私は十二年間、東京都教育委員を務めたが、自己肯定感をどう高めるかという問題は常に議題になったものである。秋田の子供は地域にも自分自身にも肯定感を持っているからこそ、全国平均を遥《はる》かに上回る数字が出る。加えて、この子たちは常に全国トップクラスの学力だ。

大人は「何もね」などとゆめゆめ言ってはならぬ。認識能力のなさを恥じるべきである。

（2018年10月7日）

短く切られた言葉

九月十四日付の秋田魁新報「声の十字路」に興味深い投稿が出ていた。

鹿角市の阿部達夫さんが「なぜ言葉を短くするのか」という文章を寄せておられる。阿部さんは、「ウマ（おいしい）」「マズ（まずい）」「デカ（大きい）」「フト（太い）」「ホソ（細い）」などを挙げ、「い抜き」がなぜ必要かと問う。そして、これが若者の流行だけならともかく、アナウンサーもやっていることに抵抗を感じると書く。

私もまったく同感であり、これはアナウンサーなど言葉のプロがすべきことではない。一方、若者としては、たぶん「強調」と「驚愕《きょうがく》」の表し方として非常に使い勝手がいいのだと思う。

実際には「い」を抜いて「ッ！」を加えているようなものだ。息をのんでプッッと言葉を切り、叩《たた》きつけるように言うのでスピード感も出る。

「速ッ！」「珍しッ！」「すごッ！」「汚なッ！」「熱ッ！」という具合だ。さらには欲求の強調か「酒飲みたッ！」「早く寝たッ！」なども耳にする。

阿部さんは嘆かれるだろうが、言葉を短くする例は他にもある。たとえば「てか」もそうだ。これは「と言うか」が「つーか」に縮まった後、さらに短く「てか」になったものだ。一例を挙げると、

「あいつ強いよな。てか優勝するんじゃね？」

「その理由、でき過ぎ。てか、後づけじゃね？」

などと使う。中には、文筆を仕事にしている人が文章に「てか」を繰り返すケースも見られる。

例に挙げた「じゃね？」も短くした言葉である。

これは「…ではないだろうか？」が「…じゃない？」になり、「…じゃね？」になったもので、比較的新しく出現した。

初めてこの言葉を聞いた時は、何と下品な臭いがすることかと天を仰いだ。それも女子大生が、

「それって違くね？」

と言ったのだ。だが、この「じゃね？」は一気に広がり、今や大人たちの中にも使う人がいる。おそらく若ぶっているのだろうと、嘲笑するしかない。

好むと好まざるとにかかわらず、「速ッ！」とか、「てか」、「じゃね？」はごく当たり前に使われており、もはや若者の「流行言葉《はやり》」の範疇《はんちゅう》にはないように思う。すでに市民権を得ていると言っていいのではないか。

とはいえ、嘆き過ぎる必要もない。「これが市民権を得たらイヤだなァ」と心配する言葉が、あっという間に消えるケースも少なくないのである。

六月のサッカーW杯で、大迫勇也選手を称賛した「半端ない」という言葉。これはW杯以前から、若者を中心に使われており、やはり「半端じゃない」を短くしたものだ。これが面白がられ、日本中を席巻した。私は以前からこの言葉が大嫌いだったが、あまりの勢いに、これは市民権を得るだろうと嘆いていた。

ところが、消えた。十月十三日付の読売新聞が、面白いことを書いている。東京下町のすし店で、街を紹介するテレビ番組のロケをしていた時のことだ。常連客がカメラに向かい、

「この味、半端ないって」

と叫んだ。するとロケスタッフが言ったそうだ。

「あの、『半端ない』いりません」

もはや「半端ない」の旬が過ぎていたのである。単なる流行語だった証拠だ。若者は流行に遅れた言葉はすぐに捨てる。いつまでも使っていたら、恥をかく。ということは、W杯以前から使っていた「半端ない」は使われなくなるのも道理。流行語になってくれたおかげである。

（2018年10月21日）

強さより深さ

秋田魁新報のシリーズ「時代を語る」を、いつも欠かさず読んでいるのだが、九月二十二日からは秋田市土崎出身の大井錦亭《きんてい》先生が登場された。

ご存じの通り、大井先生は日本を代表する書家で、私ももちろん、お名前は存じあげていた。だが、同じ土崎出身でもお会いしたことは一度もなく、作品も新聞や本などで拝見していただけだった。

ところがある日、ご本人ではなく作品を目の当たりにする機会があった。平成二十二（二〇一〇）年の「毎日経済人賞」の贈呈式の時である。これは毎年、優れた経済人に贈られる賞で、毎日新聞社が主催。その年は三菱重工業の佃和夫会長（当時）も受賞された。私は大変お世話になっていたので、贈呈式に伺ったのである。

すると、会場に副賞の額が飾られており、来客たちが取り囲んで見ていた。これは受賞者が望む言葉を揮毫《きごう》したものだという。

佃会長は座右の銘「誠心誠意」。一目見た私は何と魅力的な書だろうと、決してオーバーではなく見惚《ほ》れた。これが大井先生の書かれたものだったのである。見ていた人たちと思わず、

「いいですねえ。これがもらえるのか…」

「欲しいですよね」

と言葉をかわした。

本シリーズの一回目で、

「見た人が『この書は生きている』『呼吸している』と感じるような作品を書きたい」

とおっしゃっているが、初めてナマで見た書は、まさにそれだった。おそらく、取り囲んで見ていた人はみな感じただろう。だからつい言葉をかわしたのだ。

あれから八年がたち、この十月十九日、秋田魁新報を開いてびっくりした。私が大切にしている大井作品の写真が、連載の二十八回目に出ていたのである。

毎日経済人賞の後、土崎関係者から先生をご紹介され、何度かお目にかかっていたのだが、四年前の平成二十六年、電話を頂いた。大潟村干拓博物館で「ふるさと秋田米寿記念・大井錦亭書展」を開くにあたり、私の好きな言葉を書いて展示したいとおっしゃる。こんなこと、ありえない。会期中に大潟村に行くのは無理でも、図録に

収められれば何と嬉《うれ》しいことか。

私はすぐにお返事した。

「男も女も横綱も強さより深さ」

これは長年相撲を見てきた私が、実感したことだった。双葉山でも大鵬でも「大横綱」と呼ばれる力士は、人間的な深さがあればこそ強い。きっとあらゆる職種、あらゆる男女に通じることではないかと思う。

すると、展覧会終了後のある日、先生から小荷物が届いた。何だろうと箱を開き、固まってしまった。「男も女も横綱も——」の書が入っていたのだ。展示後にプレゼントしてくださったのである。

私は頂くなどとは夢にも考えておらず、「頂いていいのだろうか」とそればかりを考えていた。もちろん、しっかり頂いたのだが、誰しも、書が「生きている」「呼吸している」と思うのではないか。

先生は九十一歳になられたそうだが、シリーズ第二十二回で八十代に入った時のことを語っておられる。

「自分の書が最も充実するのは八十代だと考え、最初の五年間で書をもう一度勉強し直そうと思いました」

そして九十代に入った今、

「僕の書はまだまだ伸びる。これからが僕の本物を出す時だと思っています」

サラリとこうおっしゃる姿には圧倒される。芸術家のこの魂をつくったのは、ふるさと秋田の風土ではないだろうか。

頂いた額は日焼けすると困るので、本場所中だけ飾っている。

（2018年11月4日）

思い出と戦うな

十一月のある日、出版社の編集者と岩手県盛岡市に出掛けた。一泊の仕事だ。一泊した翌朝、突然、心臓がものすごい速さで打ち始めた。よく言われる「早鐘」そのものである。

私はちょうど十年前の十二月、盛岡で急性の心臓病に襲われている。救急車で岩手医科大学付属病院に運ばれ、緊急手術を受けた。

以来、東京で定期検診を欠かさず、問題なく仕事をし、旅をし、食べて飲んで元気に暮らしてきた。ただ、脈が速くなったことは前にもあり、今回もさほど驚かなかった。いわば「持病」で、病院で処置されるとすぐに治まるからだ。ただ、苦しい。早鐘の如《ごと》き脈拍は、ひどい時は一七〇とかにもなる。一人で歩くことはとてもできず、手を借りる。

東京に戻ってすぐに、循環器の主治医の診察を受けた。すると即入院と言われた。びっくりした。前にこの症状があった時は入院しなかったからだ。大手術から十年がたつ今、検査も兼ねて、また薬の調整もしようということである。

そして、治療によって脈拍はすぐに平常に戻ったのだが、今度はだるくて動けない。起き上がれない。やっと起きると、脈は上がらないが非常に疲れる。

医師は退院に備え、

「廊下を少しずつ歩く訓練をするように。寝ていると筋力が落ちますから」

と言う。

早鐘によって心臓に負担がかかり、へたっていたこともあるのだろう。訓練のために廊下を少し歩くだけで、疲れるの何の。重い足を引きずりながら、私は思ったのである。「昔はこうじゃなかったのに、何でこうなるわけ？　病気とか加齢とかもあるだろうけど、前は階段を一段おきに駆け上って、電車に飛び乗ってたじゃないの。重い荷物を両手に持ってグングン歩いて。すべては十年前の急病のせいよね。ああ、情けない」と。

やがて、廊下から病室に戻った時、ある言葉が思い浮かんだ。

「思い出と戦っても勝てねンだよ」

プロレスラー武藤敬司さんの至言である。

「思い出」というものは、多くの場合、自分がよかった時代や、自分の黄金期にあるだろう。そして「思い出」における自分は、必ず現在の自分より若い。

その時代の「思い出」を甦《よみがえ》らせ、「今の自分は何でこうなんだ…」とか「俺も年を取ったということか」「怪我《けが》さえしなければ」「女房が生きていれば」などと愚痴る。これはつまり、思い出と戦っていることだと、武藤さんの言葉は示している。

そんな若き良き時代の、また自分の黄金時代の思い出と戦っても、現在の自分は「勝てねンだよ」なのだ。これは最初から「昔の自分となんか戦うなよ。無駄なことに神経を使うな」とも受け取れる。

確かに、過ぎた若き日々と戦ったところで無駄である。こんな相手と戦うことには何の意味もない。

私はこの至言を、武藤さんの許可を頂いて小説『終わった人』に書いた。定年を迎えた主人公は、毎日やることがない。つい第一線で働いていた現役時代を思い出し、比べ、情けなく、嘆く。やがて彼は、戦うべき相手は思い出ではなく、「現在」なのだと気づく。加齢などによって失ったものも多いが、残っているものも多い。それを現在にどう生かすかだと気づく。

私も十年前の大病がきっかけで失ったものは多いが、残っているものの方が多い。その中でどう生きるかだ。

今、思い出と戦っているかもしれない横綱稀勢の里。その一番を病室のテレビで見ながら、夕食を完食した。

（2018年11月18日）

絵本のような午後

工藤進英先生は世界的な消化器外科医で、秋田のご出身である。秋田キャッスルホテル内に開設したクリニックが十周年を迎えた今秋、私は早くから記念講演をお受けしていた。

そして十一月十八日、会場の同ホテルに行くと、見知らぬ人たちが次々に声をかけて下さる。

「もう、体は大丈夫？」

「退院されたんですね。よかったよかった」

実は体調を崩して、数日前まで入院していたのだがどうして皆さん、それをご存じなのかと不思議でならなかった。やがてわかった。私が本コラムに入院中のことを書き、それが十八日当日に載っていたのである。

元気になり、主治医の許可を得て秋田に来たのだが、声をかけられて二言三言話すと、さらに活力が湧いてくる。

こうして無事に講演が終わった午後、控室に戻った私は、突然、柿が食べたくなった。突然である。なぜだか柿である。秋田駅に向かう途中、市民市場で買おうと思った。ところが日曜日で市場は休みだという。だが、頭は柿一色。東京でも買えるが、どうも秋田の方が新鮮な気がする。

とはいえ、日曜にあいている店を知るわけもない。すると、駅まで送ってくれる「あさひ自動車」というタクシー会社が調べて、保戸野《ほどの》の「関谷くだもの店」に連れて行ってくれた。

その店構えを見ただけでワクワクした。ガラス戸の外にリンゴやブドウなどが色とりどりに並べられた一戸建て。とても愛らしい。中に入ると、柿やキウイやマスカットが鮮やか。その中に高齢のご夫婦が座り、店番をされていたのは絵本のようだった。

ご主人は何種類かの柿を出してきて、丁寧に解説してくれる。どれが甘いとか、こっちの果肉は硬めで、そっちはねっとりしているとか。すぐ食べるならこれだが、何日か置くならそれ。料理に使うならこれ等々、すごく参考になる。

思えば、かつてはこうやって対面して品物を選び、買っていた。肉でも野菜でも魚でも何でもだ。時には店主が「今日はいいイカが入ってるよ」などと呼び込み、急に献立を変更するお母さんもいたはずだ。

東京も下町などにはそういう一戸建ての店やマーケットが残っているが、多くの地域では大型スーパーだろう。それは便利だし、深夜まで開いていたり、スマホで支払えたりもする。ただ、品物についてプロに聞くとか教わることはできない。ついには、無人の店舗が実現するというニュースもこのところよく見る。

私が思い通りの柿を買って店を出る時、ご主人は突然、大きなリンゴを二つ差し出した。それこそ、絵本に出てくるように真っ赤で白い星が浮かんでいる。

「秋田の紅あかり。うまいから食べて下さい」

慌てた。売り物を頂くわけにはいかない。するとご主人、言った。

「秋田のリンゴは力がつくから、また元気に書いて。いつも読んでるから」

お見舞いとして頂いていいのかもしれない。私は星の浮かぶ紅あかりを、大切に抱えた。

新幹線の中で、ふと思い出したことがある。病院で会計の列に並んでいる時、子供を背負った若い母親が私の前にいた。可愛《かわい》い子で私があやすと、母親は振り返り、色んなことを話し始めた。「堰《せき》を切った」という状態だった。そして会計後、わざわざ私のところに来て、礼を言った。きっと誰とも話さない日々にあるのだろうと思った。

時には対面で買う店や市場に行くことは、閉塞《へいそく》感のある日々に風穴を開けてくれるのではないか。会話は人を元気にする。

（2018年12月16日）

岡本太郎のナマハゲ

「男鹿のナマハゲ」がユネスコの無形文化遺産に登録された日、心弾んで「日本再発見―芸術風土記―」（新潮社）を読み直した。

これは約一年をかけて、岡本太郎が日本各地を旅し、「本質的な芸術論を展開する」というものである。その第一回目に、岡本は秋田を選んだ。昭和三十二（一九五七）年のことだ。

日本全国、各地に自慢の文化、芸術、民俗などがあるのに、岡本はなぜ秋田からスタートさせたのか。秋田の何が岡本の琴線に触れたのか。その一つが男鹿のナマハゲの面だった。船川地区で芦沢集落の面を写真で見た岡本は書いている。

「こいつはいゝ。無邪気で、おゝらかで、神秘的だ。しかも濃い生活の匂いがする、と感心した。大たい日本のお祭りの面などが、とかくしらぐ〵しくこまっちゃくれているのに、底ぬけ、ベラボーな魅力。古い民衆芸術のゆがめられない姿だ。」

だが、出発前に観光パンフレットで見た面にがっかりする。それは先に感じた魅力とは別物に変わっていて、月並みな鬼の面に見えたのである。

それでも男鹿に行ってみると、現実の面は期待したものとは違っていたが、観光パンフよりは遥《はる》かにましだったと書く。実際、この時に自分で撮った写真を、前述の書が単行本化された時、表紙に使っているくらいなので、気に入ったのではないか。

岡本はヤマト朝廷の神話や仏教、儒教道徳というような高度化した文化を、

「知的、政治的であるが為に、かえって歴史的にズレてしまった」

とし、続けている。

「私は原始宗教の絶対的であり、無邪気な、根源的感動の方を信用する」

来訪神として民衆の中で生きてきたナマハゲに、まさしく原始宗教の生命力を感じたのだと思う。

私が同書を初めて読んだのはいつだったか覚えていないのだが、古い写真と見比べると、ナマハゲの面は確かに変化している。昭和三十年代後半から、観光的な面になっていったようだ。

実は私はかつての人気テレビ番組「笑っていいとも！」にゲスト出演した時、司会のタモリさんに、ナマハゲの面をプレゼントした。ゲストはすべて、なにがしかのお土産を持っていくということが習慣になっていたのである。私はその面を秋田の土産物店で買ったはずだ。おそらく、関西学院大学の八木康幸教授が言うように「観光土産の器用仕事に起源する」（二〇一八年十一月三十日付本紙）という面だった。

するとこの一月一日付の本紙に出ていた。芦沢南町内会では十四年に、岡本が見たような面を約三十年ぶりに復元。現在も大みそかの行事で使っているという。町内会長の田牧春吉さんは「岡本に注目されたことは集落の自慢だ」と語る。文化遺産に登録される前に、三十年ぶりに復元するのは大変なエネルギーを必要としたと思うが、観光的な面を捨てたのはみごとである。

同日の本紙には、「なまはげ館」で撮影された各集落のナマハゲが紹介されているが、どれもが「こまっちゃくれて」おらず、「底ぬけ、ベラボーな魅力」を発散させている。同館の山本晃仁支配人は、各地の来訪神行事の中でも「これほど広域で、集落によって多様性がある行事はナマハゲだけではないか」と語る。なのに私たちは、ナマハゲと聞くと反射的に「観光土産の器用仕事」の面を思い浮かべる気がする。

ナマハゲは本来、神事であり、観光とは相容《い》れない。だが、現実として観光を無視できない。秋田が誇るナマハゲを、どう守り伝えるか。秋田から出た人も引き込み、考える必要がある。

（2019年1月20日）

学び直しのススメ

私が東北大学大学院に入学したのは、二〇〇三年四月である。五十四歳だった。その前から女性政治家や女性識者を中心に「大相撲の女人禁制は男女差別」、「男女共同参画がグローバルスタンダード」というような声が高まっていた。

私はもちろん、男女差別には反対である。しかし、伝統文化や民俗行事、また祭祀《さいし》等々、何もかもを男女共同参画にせよという主張には疑問を持っていた。また、「グローバルスタンダード」とは「世界標準」のこと。女性政治家の中には、自国の伝統文化や祭祀に関し、「世界標準に合わせよ」と言う人さえいた。これは暴力である。

世間のそんな潮流の中で、私は大相撲を宗教学的見地から学ぶ必要を感じた。誰に頼まれたわけでもないのに、勝手に「土俵を守らねば！」と熱くなった。

そして受験に合格し、正式な大学院生になったのである。友人知人は、

「絶対に裏口だね」

と口をそろえたが、無礼者どもが！　私はちゃんと表玄関から入ったのである。

五木寛之さんの「新・地図のない旅」（本紙一月十六日付）を読み、自分のことを思い出した。

五木さんは「中年を過ぎて京都のある大学の聴講生となった」そうで、仕事を中断して学生になるという選択に、種々の批判があったという。親しい編集者の忠告は厳しかった。

「流行作家は流行歌手と同じなんだよ。しばらく休んで、もどってきても坐《すわ》る椅子はないと覚悟することだね」

私も仕事を中断したのだが、やはり同じことを言われた。さらに五十四歳という年齢から、

「お金は老後に回すべきでしょ。何を考えてるの」

と言う人たちの何と多かったことか。私のためを思う忠告であり、その通りだと感じた。だが、大相撲を理論的に学びたいという欲求はおさえ切れず、「老後より今だ」とばかりに、生活の拠点を仙台に移した。

五木さんは、

「私がそこで学んだものは、学問の初歩中の初歩に過ぎない。

しかし、それは私の人生のなかでの最良の数年間だったと今でも思う」

「あの数年間の時間は、いまも私の中に息づいている。あれは至福の季節だった」

と書く。これを読み、不覚にも泣きそうになった。私にとっても、東北大での歳月は至福の季節だった。毎日が活劇のようなときめきとスリルに満ちていた。

私は修了後、二〇一四年には国学院大学の科目履修生として、一年間、「神道史」を学んだ。大相撲を知るには神道の知識が不可欠だと思ったからである。私はすでに六十五歳になっていたが、授業はそれはそれは面白かった。「前期高齢者」の頭でもひるむ必要はない。「学ぶ」ということに、年齢はないと実感したものだ。

さらに五木さんは、

「学ぶこと、勉強することに対する人びとの思いは、いまも地熱のように私たちの胸の奥に胎動している」

と書いておられる。

若い時や現役学生の時には、こんな思いは起こりえないだろう。我《わ》が身を振り返ってみても、遊びや趣味や恋愛や、夢中になることが多すぎて、それらのついでにやるのが「学ぶこと」だった。

年齢を重ねた今だからこそ、思い切って「学ぶこと」を始めてみたらいかがだろう。正式な学生にならずとも、科目履修生もある。また、大学でなくとも学べる場は数多くある。

その際、日常生活とかけ離れた学問を選ぶことをお勧めしたい。私は「ヘブライズム文化」だの「群書類従」だの、何十年も忘れていた言葉に接した時、つくづく心が解放された。

（2019年2月3日）

「ちょい乗り」の欠点

二月二日付秋田魁新報で、秋田市内のタクシー運賃が改定されたと知った。今まで初乗りが七百十円だったところを六百円にした。

タクシー料金が安くなるのは、高齢者や病人、また幼い子供連れなどの人にとっては本当にありがたいことである。秋田魁新報の記事でも、同市楢山の茂木蝶子さん(84)が、週に一回通う整形外科までの料金が、十円安く済んでありがたいとコメントしている。わずか十円と思う人もあろうが、嬉《うれ》しいものだ。それに、一年だと九百六十円になる。もしも、初乗り距離内に週一回通う人は、月に八百八十円、年にして一万円超も安くなる。

二〇一七年一月、東京でも改定があった。それも初乗り七百三十円が四百十円になるという。半分近くに値下げするという話に、私や友人たちは「絶対に裏がある」と話していた。

裏はあった。走行距離に応じた加算運賃が、従来より高くなったのである。これは秋田も同じ。秋田の場合、改定前には二百九十二メートル走るごとに上乗せされていた百円が、二百六十五メートルになる。つまり、遠くまで乗れば乗るほど、従来より高くなるということである。

だが、遠距離はバスや電車を使うことが多いだろうし、マイカーで送迎してもらうことも少なくはあるまい。そのため、私の周囲は高齢者や病人に限らず、初乗り料金圏内はタクシーを使う人が増えた。よく言う「ちょい乗り」である。ちょいとそこまでの利用だ。地方によって違うと思うが、秋田ではどうだろう。

私は十年前、突然の心臓病で大手術を受けたのだが、元気になり、やっと退院の日を迎えた。喜ぶ私に医師が言うではないか。

「車の運転はやめて下さい。万が一にも事故に遭い、ハンドルに胸を強打でもしたら困りますから」

ショックだった。私は車の運転が好きで、それもずっとマニュアル車である。だが、ドクターストップとあっては致し方ない。車を手放し、マンションの半地下にあった車庫も解約した。そして、体力が完全に戻るまでは、タクシーを利用しようと考えた。だが、どうも「タクシーは高い」というイメージがある。

ところが驚いた。マイカーの維持費がこんなにかかっていたとは！　車庫代、ガソリン代、高速道路代、外出先での駐車場代、定期検査代はもとより、保険に車検である。それらの合計額を月に換算した時、「これならタクシーにしょっちゅう乗れるわ」と思った。

こうしてタクシーを利用し始めると、これが何とも楽なのである。プロのドライバーが確かな腕で目的地まで運んでくれるし、出先で駐車場を探す必要もない。荷物が多かったり、高齢者と一緒だと、ドライバーが助けてくれたりもする。

その料金が安くなれば、「ちょい乗り」は増えて当然だ。だが、ひとつ問題がある。「歩かなくなること」だ。たとえば、今までは目的地まで歩いていた人が、ついタクシーになる。

特に、加齢と共に「歩くこと」は健康に直結すると言われるが、加齢と共に楽な方を選ぶことも確か。まして、二人で乗れば割り勘で三百円、四人なら百五十円だ。これでは歩かなくもなる。

そんな中、私と同年代の女友達の言葉がよかった。

「必ず片道は歩くって決めるのよ。スーパーなら帰りは荷物があるから、タクシー。行きは歩くの。体調や状況によるけど、往復のどっちかは歩く。これよ、これ」

以来、私はたとえばスーパーへの往路は、キャリーと共にタクシーに乗る。帰りは買い物を入れたキャリーを引いて歩く。

「片道は必ず歩き」と決めるのは、お勧めである。

（2019年2月17日）

男と女の不作法

とても意外な結果に驚いている。私は昨年末、幻冬舎から『男の不作法』『女の不作法』という二冊の新書を出した。

一冊は常日頃、男たちがやっている不作法を三十項目挙げ、それについて書いている。もう一冊は、女たちの不作法三十項目である。

男も女も、「不作法」は知らず知らずのうちにやっていることが少なくない。また、その行為を悪いとは全然思わず、自然にやっている場合もある。だが、不作法をやられた相手は非常に不快で「あんな人間だったのか」と内心で怒り、あきれ、今後のつきあいに支障が出たりもする。

人間関係を円滑に進める上で、不作法は男にとっても女にとっても怖く、とても損をすることだ。

これは非常に面白いテーマだと思ったのだが、いざペンを持つと、こんなに書きにくいテーマはあったものではない。というのも、私自身が過去にさんざん不作法をやり、今もやっているからである。偉そうに道など説けない。

が、テーマとしては捨て難く、私は十代後半から七十代前半の老若男女と会い、「何を不作法と思うか」「どんな不作法に腹が立つか」などの聞き取り調査をした。すると出るわ、出るわ。私自身が平気でやっていたことも多い。改めて、本人は無自覚にやっていることを認識させられた。

私が「意外な結果」として驚いたのは、読者からの反応だ。

女たちから最も不評な男の不作法は「妻や恋人以外の女性をほめる」であり、「プレゼントの意味をくめない」であった。

自慢話もマザコンもジジバカも、上に弱く下に強い男も、もちろん非常に嫌われている。だが、「妻や恋人以外の女性をほめる」と「プレゼントの意味をくめない」がトップランクに入るとは思わなかった。

例えば妻の友達を世間話のようにほめたとする。

「彼女、きれいだよな。清純なのにセクシーなところもあってさ」

一発でアウトだ。下心なぞなくてもアウト。また、

「佐々木希って、タイプだなァ。あんな肌の女、ちょっといないよ」

アウト。ほめる対象が女優であってもムカつくものなのだ。秋田出身の男は他地域で厳重に気をつける必要がある。もしも赴任先の女子社員に言うとする。

「秋田の女は雪肌できれいなのに、気《き》っ風《ぷ》がよくてカラッと明るくてさ。離れてみると、良さがわかるんだよなァ」

女子社員はその日から、その男の言うことは聞かなくなるだろう。

こんなことは言わないよと思う男たちもあろうが、似たようなことを言っているのである。だからこそ、トップランクに入るのだ。

もうひとつ、プレゼントの不作法もよくある話だ。

私の女友達は仕事で世話になった男性に、バレンタインのチョコレートを渡した。お礼の気持をこめて、真剣に選び抜いた。恋愛感情は一切ない。

チョコをもらった彼は大喜びし、言ったそうだ。

「このブランド、うちの娘が好きでね。最近、ちょっと反抗期だからこれを渡せば会話のきっかけになるよ、きっと」

アウトである。彼女は娘のためにプレゼントしたのではない。そこをまったくわかっていない。彼女は、

「あいつ、もてないわ」

とせせら笑った。

何かをプレゼントされた時、それが自分を思って用意してくれたということを忘れないことだ。たとえ、誰かにあげるにしても贈り主の前では言わないことである。

「女の不作法」に対する反応は、次回で紹介する。

（2019年3月3日）

男と女の不作法 (2)

前回、この欄に「男がする不作法」について書いたが、今回はその女性版。

私は昨年末に幻冬舎から『男の不作法』『女の不作法』という新書を二冊出したのだが、読者からの反応がとても興味深い。「女がする不作法」について三十項目を挙げたところ、私の予測と全然違うものが上位を占めたのである。

そのトップが「バタバタしてまして」という言い訳。たとえば約束を守れなかったり、集まりに出席できなかったり、どんな時にでも使える便利な言い訳だ。

「行けないの。このところバタバタしてて」

「遅れてごめんね。出がけにバタバタしちゃって」

という具合である。何をどうバタバタしているのか全然わからないのだが、いかにも鳥がバタバタと羽を広げて飛び回っているようで、こう言われると何だか納得してしまう。納得しながらも「失礼な言い方だ」と思っているのだろう。だからこそ、女の不作法のトップになったと思う。

その反響には「私もいつも使っていた。反省した」という内容が少なくなかった。「バタバタしてまして」は男女共に口にするが、私が聞き取りした限りでは、どうも女性に多いようだ。

また「私はハッキリ言うから」という言葉も、女の不作法として上位だった。これは何かに対して、言いにくいことを言う時につける一言である。

たとえば「太ったわね」とか「その服、似合わないよ」とかだ。また、ママ友の間で上位の者が下位の者に向かって、パワハラもどきのことを言う。その後で、「私はハッキリ言うから」と胸を張る。

こういう女性は確かに少なくない。ただ、なぜこの一言をつけ加えるのかと考えると、相手への言い訳と、自分への陶酔を感じる。自分は陰口ではなく、堂々と言う性格であるという陶酔。「だから裏表なくハッキリ言うの」という一抹の言い訳。

こんな女性のことはせせら笑っていればいいのである。というのも、少なからずの場合、彼女たちは本当にハッキリ言わねばならない場では、何も言わない腰抜けだからである。

もうひとつ、上位につけたのは「自分をけなして自慢する」だった。

たとえば、可愛《かわい》い孫を自慢したくてたまらない、だが、それを抑える程度の常識はある。でも自慢したい。どうするか。自分をけなして、間接的に自慢するのである。孫が欲しくてもできない人の前でも平気だ。なぜなら、自慢ではなく自分をけなしていると思っているからである。

「あなたは孫がいなくて大正解。雛《ひな》人形だ五月人形だってお金ばっかりかかるの。バァバとお外行きたいとかってじゃれつくから連れて行くと、私の手を握ってさ、『バァバ、僕につかまって』だもんね。孫がいるとホントにお婆《ばあ》さんを感じさせられてつらいわ…。あなたみたいに若々しいのが羨《うらや》ましい」

こういう相手にも、腹の中でせせら笑うに限る。どうせ、「バァバ」と言っていた孫はすぐに「ババア」と言うのだ。

この「けなし自慢」は子や孫の進学先、就職先、結婚相手等々、あらゆるケースに使われる。

「娘のお相手、大学病院の外科医なのよ。今はアメリカ勤務で、娘は大変らしいの。あなたは幸せよ。お宅の娘さんみたいに、未婚が一番よ。母親と外食したり。妬《ねた》ましいわよ」

こういう類を言われたら、どんな場合も動ぜず「こっちこそ羨ましいわ」と言っておく。ムカつきを見せると相手の思うツボ。

男も女も知らず知らずに、いかに不作法を働いているかと気づかされた。

（2019年3月17日）

方言の残し方改革

先週秋田に行き、ずっと前から考えていたことを改めて実感した。

秋田新幹線こまちは、秋田県内を走っている間だけ、車内アナウンスを秋田弁にできないものか。

今は録音した男性の声で、聞きとりやすくはあるが、歯切ればかりがやたらといい。「次は終点秋田。秋田でございます」。東海道新幹線も同じ。「次は終点新大阪でございます」。九州新幹線も同じ。「あと三分ほどで熊本に到着致します」だ。

全国的に、方言が失われたと嘆く声は多い。ならば、全国各地一律に機械的なアナウンスを、嘆かわしいとは思わないのか。

昔、イタリア人から聞いたことがある。

「イタリアではニュースキャスターなどが方言、あるいは訛《なま》りを出して報じることがある。彼らは出身地を誇り、視聴者はそんな彼らを誇るんだよ」

現在もそうしているかわからないが、これにはいたく感動した。

私が子供の頃は、秋田駅に到着するとホームにアナウンスが鳴り響いた。それは、「き」に独特の訛りがあった。「き」が鼻に抜ける感じで、むしろ「く」に近いかもしれない。ホームで「あくた〜」「あくた〜」と聞くたびに、「秋田に帰って来た！」と思う。そして、今でも当時の秋田の風物や人々が甦《よみがえ》ってくる。

琉球列島の言語の研究者・狩俣繁久琉球大学教授が書いている（読売新聞二〇一八年八月十日付）。

「言語を失うことは、記憶喪失のように、そこで暮らした証を失うことだ。その言語で表現される文化や伝統も消滅してしまう」

高校野球のテレビ中継を見ていると、インタビューに答える少年たちの言葉は、北海道から沖縄までほとんど変わらない。もしも名古屋の球児が、

「どえりゃー暑いで、えらかったです」

と答えたなら、人々は快哉《かいさい》を叫ぶだろう。平昌五輪のカーリング女子日本代表の選手たちが、

「そだねー」

という北海道の方言を使い、どれほど人々をとりこにしたか。彼女たちの「いつも使っているから方言だと思わなかった」という驚きの言葉がいい。

『どうなる日本のことば』(佐藤和之、米田正人編著、大修館書店)によると、一九六〇年代以前は「方言は恥ずかしい」という風潮があった。だが、九〇年代になると言葉の多様化が出てきて、方言と共通語を使い分けるようになってきたそうだ。秋田魁新報では、それを「バイリンガル化」として紹介している(二〇一五年五月三十日付)。

とはいえ、方言や訛りが危険水域に近いことは間違いないようだ。嘆くだけで消滅させるより、少しでも具体的に使うことを考えるべきではないのか。

由利高原鉄道鳥海山ろく線の駅舎には秋田弁をしゃべる自販機があり、人気だと聞く。二〇一七年三月二十一日付の本紙には、秋田東中二年(当時)の齊藤伊吹さんが「秋田弁体現したゆるキャラを」という意見を寄せている。これも考える価値のある具体策だと思う。

この際、秋田が先陣を切って、新幹線のアナウンスを秋田弁でやってはどうか。話題になろうし、旅情をかきたてられる。歌うような秋田弁の美しさに、県民は誇りをも持つだろう。後追いする地方も出てくると思う。

秋田大学の大橋純一教授は「今の若い世代は方言への愛着があり、話す環境さえ整えば自然に秋田弁が出てくる」と語っている（秋田魁新報二〇一五年十一月七日付）。

まずは車内アナウンスから始める。それは環境を整える一手だと思うのだ。

（2019年4月7日）

「長嶋茂雄」の復活

私はテレビで見たのだが四月二日のプロ野球、巨人―阪神戦。そのバルコニーに突然、巨人軍の長嶋茂雄終身名誉監督が現れた。このサプライズに、観客ばかりか選手までが大興奮。

胆石の手術ということで一年近く公の場に姿を見せず、私の周囲でも訝《いぶか》しむ声があがっていた。「胆石の手術をした人をたくさん知っているが、みんなすぐに退院したのに」というのだ。

そのうちに、メディアでも重病説や寝たきり説が報じられるようになった。次女の三奈さんが病院の廊下で放心していたとか、絶望的な気持ちにさせられた報道もある。

そこに突然現れた長嶋さんの何とダンディーなこと、何と明るい笑顔なこと。三奈さんにサポートされていたものの、以前のままの姿である。以前のままに華がある。とても信じられなかった。

その時、鮮烈に思い出したことがある。実に不思議な、だが本当に私がこの目で見たことだ。一九九四年、私は月刊誌の対談のため、巨人軍が秋季キャンプを張っている宮崎に長嶋監督（当時）を訪ねた。

市営球場の一室を指定され、ドアを開けた瞬間の驚きを、私は今も忘れられない。監督は巨人軍のユニフォームに帽子姿で、ソファに深く腰をかけて待っていらした。そこはあまり陽《ひ》の入らない、殺風景な会議室のような一室だった。

ドアを開けると、監督の体からキラキラと光が出ていたのである。それは「光が出ているかのようだった」という例え話ではない。陽の入らない一室で、監督は体の輪郭通りに、実際に光を発していた。

それはすぐに消えたが、私は間違いなく見た。「ミスター」と呼ばれ、とてつもないスターとはいえ、あのキラキラを見た時、私はつくづく思ったのである。「この人は並みの人間ではないんだ…」と。

だが、こんな話は誰も信じてくれないと思い、熱烈な長嶋ファンにしか言っていなかった。

記憶があいまいだが、それから十年か十五年かがたった時、ある週刊誌に記者が書いていた。何かパーティーだか会合だかがあり、会場に長嶋さんが入って来られた。その時、たくさんの客でごった返す中、長嶋さんの体からキラキラと光が出ていたというのだ。

私は「やっぱり！」と思い、「この記者も信じてはもらえまい」と思い、あれは本当のことだと何かに書いた。たまたまその記者が読み、「やっぱり！」というお礼状を頂いたことを思い出す。

長嶋監督との対談はとても面白く、多くの印象的な話の中に、「プラス思考のトレーニング法」があった。

「（相手チームの投手の）フィルムにはさみを入れながら、やられたところはカットして、こっちが打倒したところだけをずっとつないで。絵で見せ、それを浸透させて」

そういうプラス思考のトレーニングをどんどんやった結果、選手はビッグゲームでも負ける気がしなくなり、大試合を制した。

「イメージトレーニングというものが、一番大事なときに花が咲いてきたなと、ひそかに帰りのバスの中で思いましたね」

と語っておられた。

長嶋さんは重病説が流れる中、もしかしたら、元気に動き回っていた頃の自分をイメージし、リハビリに励んでいたのかもしれない。並みの人間ではないにせよ、「奇跡の復活」の裏には努力があったに違いない。

私たちはキラキラは発せられずとも、プラス思考の努力はできる。「復活長嶋茂雄」は、その効果をみごとに示して下さった。

（2019年4月21日）

美肌のヒミツ

四月のある日、横手市の「道の駅十文字《じゅうもんじ》」に行った。

その前日から、私は月刊「文藝春秋」のスタッフと、湯沢市の「稲庭《いなにわ》うどん伝承ノ郷　寛文五年堂」を訪ねていたのである。同誌には、夏と冬の二回、各界の人たちが愛用している名品逸品を紹介するページがある。私は稲庭うどんが大好きで、一年中食べている。それを寛文五年堂の佐藤君蔵社長が耳にされ、以来、十年もそのページに出ている。

いつもは東京で写真を撮り、私流のレシピを紹介するのだが、今回は現地に行ってみようと、スタッフから声があがった。その土地のものは生まれた風土の中で食べると、おいしさが違うとはよく言われることだ。

こうして私たちは現地に出かけたのだが、言われている通り、栗駒《くりこま》山の麓で食べる稲庭うどんのおいしさと言ったら！

さらに、私は佐藤社長夫人のクニ子さんの白い肌ときめの細かさに、秘《ひそ》かに見惚《ほ》れていた。湯沢は小野小町の生まれ故郷であり、秋田の中でも特に美人が多いと聞く。また、豪雪地帯のため、日照時間が少なく、白く柔らかな肌をつくるとも読んだことがある。

夫人はおそらく七十代かと思うが、肌がきれいなので、メイクも映える。以前にパリコレなどでモデルのメイクをしているトップアーティストが言っていた。

「女性を美しく若く見せるのは、まず肌です」

私は夫人に聞いてみた。

「何か肌にいいこと、なさっているんですか」

すると、何もしていないとおっしゃる。私がなおもつっこむと、困ったように

「この地域は水がいいんだと思います。あと……トマトでも白菜でも、野菜や果物はできるだけその季節のものを食べる……くらいでしょうか」

という言葉。これを聞いた時、私は「やっぱり！」と膝を打ったのである。

というのも、料理研究家の飯田深雪さんは、私との対談でハッキリとおっしゃっている。

「季節のものでないものは食べない。この頃は冬でも茄子《なす》が出ていますが、茄子は

せいぜい十一月まで。何だって、その季節に食べるのとそれ以外では、栄養価が全然違うんです」

私がお会いした時、飯田さんは百一歳になろうとしていたが、現役で料理を教えておられた。そして九十分もの対談を理路整然とユーモラスにこなし、肌が白くてきれいなのである。

そして二〇一六年には、「ばぁば」の愛称で親しまれている料理研究家、鈴木登紀子さんと対談した。鈴木さんは当時九十二歳。現役バリバリである。お会いして驚いたのだが、何と肌がきれいで白いこと。その時、おっしゃっている。

「健康の秘訣《ひけつ》の一番は、旬のものを食べることよ」

私が「今は何でも一年中出ているので、旬がわかりにくい」と言うと、一言。

「お店で山盛りになって安く売っているものが旬よ」

ああ、これならわかる。

私は湯沢で、この明晰《めいせき》で美しい二人の料理研究家の言葉を思い出し、佐藤夫人の肌を前にして、決めたのである。帰りに道の駅で旬の春野菜を買い込み、宅配してもらおうと。

こうして勇んで「道の駅十文字」に寄ったのだが、棚は洗ったようにカラッポ。果物はリンゴがあるくらいで、野菜はゼロと言っていいほど何もない。聞けば午前中にほとんど売り切れてしまうそうだ。

なるほど、この辺の人は朝採りの旬の野菜を独り占めしてるわけね。肌がきれいなはずだわッ。

今度は朝のうちに行ってみよう。私はヤケのように買った乾燥大豆の袋を手にそう思ったのである。

（2019年5月5日）

キッパリ言えないか！

四月十六日付の秋田魁新報「おじさん図鑑」にエッセイストの飛鳥圭介さんが、聞き苦しい言葉について書かれていた。

たとえば、会話の中に幾度も「何だろ」を入れる。よく耳にすると思う。飛鳥さんは例を挙げている。「私的には、えーと何だろ、時代のトレンド？ていうか傾向？　何だろ、視線？考察？……」と半疑問の語尾と共に、延々と続くとし、断じている。

「『僕はこう思います』とキッパリ言えないか！と突っ込みたくなる」

そして、これらは断定を避ける言葉遣いだとしている。本当にその通りで、どうして昨今は若者に限らず、オジサンもオバサンも断定を避ける言い方ばかりなのだ。半疑問で語尾を上げることにしても、「私的」にしても、また「～みたいな」「感じ」「～ですかね」「ある意味」「～っぽい」「てか（と言うか）」「じゃないですか」もすべて、断定回避の言葉である。

テレビの街頭インタビューを聞いていると、いかにこれらの言葉や語尾上げが乱用されているかがよくわかる。

飛鳥さんは約七年前の二〇一二年十一月十三日付の秋田魁新報で、「何だろ」について早くも苦言を呈している。私は翌一三年に「カネを積まれても使いたくない日本語」（朝日新書）を出したのだが、その苦言を引用している。飛鳥さんが今再び「おじさん図鑑」で取り上げたのは、おそらく断定を回避する言葉が、あの頃よりさらに一般的になっていることへの危惧からではないか。

私もひどいことになってしまったと思う。たとえば「カタチ」という言葉の乱用。何か事件を目撃した人が、マイクを向けられる。すると、「犯人はすごい勢いで逃げていくカタチで」だ。「怪我《けが》人は『水、水』ってカタチで」である。いずれも私がテレビのニュースで聞いている。

断定を避ける言葉の種類が増加する昨今だが、前出の「カネを積まれても──」の中で、私は『若者ことば　不思議のヒミツ』（桑本裕二・さきがけ新書）の分析にとても納得させられ、紹介している。

「『～だ』という調子の断定口調を避け、相手のメンツを傷つけないように、そして、雰囲気を調和させて共有しようという態度の表れである」

「自分の意見をはっきり言わない、という我が身の守り方があり、それによる曖昧な文末表現である」

断定して言質を取られないように、自分だけ浮かないように、和を乱すと思われないように…という気遣いなのだろう。

むろん、断定することで相手を傷つけたり、思いやりのない人間だと感じさせることはある。そういう場面ではどう言うかに細心の注意が必要だ。だが、そうでない場面でも曖昧にする人が多すぎる。

私が最も気になるのは「かな」である。それも、断定したところで何の問題もない場面でも言う。つい最近、私がテレビのニュースで耳にした例である。あるイベントに来ていた母親が子を示して言った。

「この子が喜んだのでよかったかなと思う」

大試合で優勝した選手が言った。

「記録が悪かったので素直に喜べないかなと思う」

交通事故現場で、目撃者が言った。

「スマホを見ながらの運転はよくないかなと思う」

いずれも「かな」は不要。なぜ「かな」がいるのだ。

テレビでのインタビューでは年齢に関係なく、「かな」ばかりである。「習い性《せい》となる」を感じる。曖昧にすることが習慣になっていると、それがその人本来の性格になってしまう。怖いことである。


（2019年5月19日）

私、クチコミ大使です

　この春先だったか、秋田商工会議所の三浦廣巳会頭から、手紙を頂いた。「秋田観光クチコミ大使に就任してほしい」という依頼状だった。これは主に首都圏に住む本県由縁《ゆかり》の人が「大使」となり、秋田の魅力を発信するのが役目だ。それによって少しでも誘客につなげたいという狙いがある。

　全国各地が同じように由縁の人たちを大使に任命しており、それぞれの地のPRや誘客を図っている。

　私は三浦会頭の依頼状を読み、「クチコミ大使」というネーミングにぶっ飛んだ。企業人や有名人と会うと、よく大使の名刺を頂くのだが、その多くは「観光大使」とか「ふるさと大使」、時に「親善大使」である。

　それがどうだ。秋田は「クチコミ大使」である。こんなのは初めてだ。何ともストレートというか、わかりやすいというか、剛速球というか、ミもフタもないというか、このネーミングはすばらしい。私は「NAMAHAGEダリア」という名にぶっ飛んだ時と同じに、秋田の豪快なパワーにひれ伏しそうになった。

そして、依頼状の細かいところは読みもせず、「クチコミ」という言葉に圧倒され、クラクラと就任了承書にサインしていた。

今、フェイスブックやツイッターなどの会員制交流サイト（SNS）により、個人の発信力はケタ違いに大きくなっている。SNSで何かを紹介すると、あっという間に世界中に拡散する。それもインスタ映えする写真付きだ。

よくテレビで、人里離れた土地に国内外の観光客が一気に押し寄せている風景が紹介されている。その土地の、主に中高齢者が「どうしてこうなったんだ」とぼうぜんとしている姿もだ。これは多くの場合、SNSで見た人たちが、国内外から訪れるのである。

秋田魁新報（四月二十一日付）の社説にも出ているが、首都圏の鉄道愛好者による「由利高原鉄道東京応援団」は、当初四十人ほどで結成された。それが今や五百人以上になったという。フェイスブックの力である。

また、秋田内陸縦貫鉄道が運営する秋田内陸線は、二〇一七年度の外国人団体客が二万五千人を突破。集計中の一八年度が過去最高を更新するのは確実だという。社説でも「ＳＮＳをいかに活用するかは、本県観光の鍵にもなる」と書いているが、その通りだ。全国各地、ＳＮＳの活用に血眼になっているのは想像に難くない。そんな時代に、秋田は敢《あ》えてアナログに「クチコミ大使」と名付けた。私はぶっ飛んでひれ伏した後で起き上がり、秋田の深謀遠慮に思い当たったのである。

　おそらく、秋田はデジタル発信とアナログ発信の二刀流で行こうとしている。考えるまでもなく、ＳＮＳも根っこはクチコミだ。だが、人の口から口へと伝わるアナログも実はバカにできないのである。

　たとえば、誰かから観光大使の名刺をもらう。その人の出身地でない場合も多い。そうすると、「なぜこの地の大使なのか」と聞くものだ。すると、名刺の主は理由と共に、その地のＰＲを必ず一言、二言加える。

　私はそれによって、長崎の皿うどんや富山の白エビ、静岡のおでんの宅配を注文。女友達は群馬のいい温泉宿を紹介され、リピーターである。おそらく、こうした誘いに乗っている人は全国にいる。ＳＮＳの破格の動員数とは比較にならないが、ナマの声と言葉でクチコミされると、心に留まる。それはリピーターにつながると思う。

　クチコミなら、ＳＮＳが苦手な人でも今日から大使になれる。県民総クチコミで、秋田をＰＲしたい。

（2019年6月2日）

「対岸の火事」なのよ

地上配備型迎撃システム「イージス・アショア」を秋田市の陸上自衛隊新屋《あらや》演習場に配備することは、かなりの現実味を帯びてきていた。日本全土を守るには、新屋に配備するしかないと発表された以上、住民は悩み、「致し方ない」と揺れたり、「それでも反対する」としたり、苦しんでいたと思う。

ところが、その「新屋しかない」の根拠となる調査が、現地に足を運ぶこともせず、「定規で測って計算した」ことが発覚。最初に見つけたのは秋田魁新報だった。防衛省は謝罪と説明に追われているが、あまりにもずさんで、声もない。

テレビのニュースで各局が伝えていた通り、八日に開かれた住民説明会の最中、防衛省の職員が居眠りをしていた。これを見た男性住民が、怒って叫んだ。

「何を考えているんだ。われわれは人生が懸かってるぞ」

これまで苦しみ、悩んできた人たちを前に、自分たちのずさんさによるものでありながら、居眠りする職員。この「対岸の火事」という意識と緊張感のなさにはあきれ返る。

実は私も同じ経験をしている。東日本大震災の直後、「東日本大震災復興構想会議」ができた。時は民主党政権で、会議には菅首相（当時）をはじめ、閣僚ら政府高官が並び、官僚もズラリと控えていた。女性メンバーは、私一人であった。

その日、会議には阪神淡路大震災を経験した行政の長などが招かれ、自分たちの対応や、反省点などを詳しく語っていた。誰もがメモを取りながら聞き入った。3・11からそう時間はたっておらず、大切な人や物を失った被災者たちは、避難所や仮設住宅で懸命に生きていた。そんな時期である。

会議中、ふと見ると政府高官の一人が居眠りをしている。よく週刊誌で国会中に居眠りしている政治家の写真が出ている。あれだ。

私以外の委員、官僚たちも気づいていたと思うが、そっと起こすことさえ誰もしない。私もしばらくは我慢した。が、その高官、いっこうに目をさます気配はなく、頭がどんどん下がって、テーブルにくっつかんばかり。これが政権を担っている者の態度か？　それも名前も顔も有名な政治家だ。ついに、堪忍袋の緒が切れた。

ゲストスピーカーが話している最中だったが、私は立ち上がり、居眠り高官の背後まで歩いた。そして
「起きなさーいッ!!」

と大音声で叫び、両手で彼の両肩にチョップを叩《たた》きこんだ。これはプロレスラー天山広吉の必殺技「モンゴリアンチョップ」である。一瞬、室内は静まり返り、居眠り高官もギョッとして目をさました。

彼ら政治家も不眠不休で働いているのだろう。それを承知の上でも、居眠りは事態が自分にとって「対岸の火事」だと示している。

秋田の説明会における防衛省職員は、ニュースで全国に顔をさらされ、省から口頭で厳重注意を受けた。岩屋毅防衛相もただちに謝罪した。実名報道はなかったが、特定はたやすい。社会的制裁を受けている。

一方、復興構想会議における件《くだん》の高官は、今も堂々とテレビや新聞に大きな顔をして出ている。私が一度、彼の肩書も名前も伏せて、何かに書いた。だが、社会からは何の反応もなく、今回のようにメディアが取り上げることもなかった。政治家の居眠

りは珍しくもないのだなと思ったものだ。

しかし、私はメディアで偉そうに持論をぶつ彼を見るたびに、「あなたが最も政治家に向かない資質であること、私は知ってるわよ。国や国民の一大事も『対岸の火事』だもの。今に必ず有権者にバレるわ」と確信するのである。

（２０１９年6月16日）

「自信」は自己評価

瀬戸内地方に住む女友達から、手紙が届いた。

「秋田に行って来ました。レンタカーで夫婦二組の二泊三日の旅。赤れんが館と千秋公園を廻《まわ》り、比内地鶏を頂き、いざ男鹿半島へ」

どんなに楽しい旅だったかと読み進めて、思わぬ展開に声を失った。

「赤信号を待っていると後からドカン。秋田到着三時間四十五分で玉つき事故に遭遇しました。初めて救急車で病院搬送です」

結果、四人とも異常はなかったものの、二日目は病院で診断書をもらい、警察で事情聴取。次の日はもう帰らねばならない。せめてもの思いで角館に寄って空港へ向かったものの、保険会社や旅行会社からひっきりなしに電話が入り、とても見物どころではなかったそうだ。

彼女らのレンタカーに追突したのは乗用車。玉突きでそれに追突したのは大型トラック。レンタカーは廃車になったそうで、事故の衝撃がわかる。

このケースは高齢者の運転による事故ではない。だが手紙を読みながら、このところ立て続けに起きる高齢者事故を思った。

彼らの多くは、自分は運転がうまく、頭も体も年齢より若いという自信があり、自分に限って事故など起こすわけがないと考えているそうだ。

これは「振り込め詐欺」のケースだが、私の知人に九十歳の女性がいる。とてもしっかりしていて、「詐欺に引っかかる老人なんて信じられない。私は絶対大丈夫」と豪語していた。

が、このご婦人、みごとに引っかかったのである。息子が直前に気づいて阻止したため、実害はなかったが、高齢者の運転もこういうものだと思う。本人にいくら自信があろうと、それは自己評価に過ぎない。

先頃、八十七歳の男性ドライバーが、東京・池袋を暴走し、母子二人が死亡、八人の重軽傷者を出す事故があった。本人は当初「ブレーキとアクセルを踏み間違えてはいない。車に欠陥があるはずだ」と言い張ったそうだが、調べた結果、車に欠陥はなかったという。

その八十七歳が取り調べの警察署から出て来るところをテレビのニュースで見た。両手に杖《つえ》をつき、おぼつかない足取りで何とか歩いている。これでも本人は、繁華街の池袋を運転する自信があったのだ。

後に「ブレーキとアクセルを踏み間違えたかもしれない」と答えたそうだが、被害者は妻と可愛《かわい》いさかりの娘を奪われた。

高齢者の運転は「殺人」になりうる。だが、車がないと買い物にも病院にも行けないという地域の高齢者もいる。公的な足の便が悪く、いちいち誰かに頼んで連れて行ってもらうしかない。家族や若い人たちが、いくら力になるからと言ってくれても、高齢者の気兼ねは大変なものだろう。となれば、免許を返納したくない気持はわかる。

それでも他人を殺しうることと、自分の気兼ねとどちらを重くとらえるかだ。

そんな中で、私はテレビの情報番組で、とても興味深い話を聞いた。自動車事故の専門家だったか、医師だったかが語っていた。

それは「加齢と共に、ペダルを踏み込むことはできても、ペダルから足を離すという動作が難しくなる」のだという。

咄嗟《とっさ》の時に、今まで踏んでいたアクセルから足を離すのが難しいわけだ。パニックになれば、踏んでいたアクセルをさらに踏み込むこともあるだろう。

そう考えると、返納に気持が動くのではないか。

前述の女友達は、手紙の結びに書いてあった。

「秋田は美しい町でした。しばらく車は恐《こわ》いけど、また必ず行きます」

（2019年7月7日）

「やったね！にかほ市」

「東洋経済」という経済誌の「都市データパック」編集部が、毎年全国の都市の「住みよさランキング」を発表している。

伝統ある老舗経済誌が、細かい調査の末にランク付けをするというので、毎年のランキングは各地で気にしていると聞く。

今年は全国八百十二市区を対象に精査した結果、「北海道・東北ブロック」で、秋田県にかほ市が堂々の第一位になった。

全国総合ランキングでも第二十一位という快挙。八百十二市区のうち第二十一位はみごとだ。ちなみに、全国総合評価トップ二十五中、北海道・東北地方から選出されたのは、にかほ市だけである。

ランク付けの基準は、

（1）安心度

人口当たりの病院数などや、老年人口当たりの介護サービス施設などの数。人口当たりの刑法犯認知件数等々六項目。

（2）利便度

人口当たりの小売販売額や飲食店数等々四項目。

（3）快適度

転出入人口比率、気候や水道料金、汚水処理人口普及率等々六項目。

（4）富裕度

財政力指数、納税義務者一人当たり所得、持ち家世帯比率等々六項目。

なお、東京の千代田区、中央区、港区はビジネス街という理由などで八百十二市区から除外されている。

何年前だったか、私は秋田魁新報で「桃の北限は鹿角」という記事を読んだ。農園の木を買ってオーナーになれば、その木の桃は本人のものになるという。そこで記事にあった電話番号にすぐ連絡、一本買った。プロが責任を持って育ててくれた桃の、何と甘くて大きいこと！　桃太郎が出て来そうである。

親しい編集者たちに配ると、みんながおいしがり、かつ、「北限の桃」というロマンチックな響きに感動。翌年から彼らもオーナーになり、全員で桃狩りに行った。

するとそろって「秋田はいい！　今度は鳥海山《ちょうかいさん》が見たい」と言い出した。そこで次は、にかほ市の「土田牧場」を全員で訪ねた。

ここは広大な牧場にジャージー牛を放しており、チーズもハム類もとびっきりおいしい。私たちが訪ねた日は天候に恵まれて、鳥海山の美しいこと！

宿泊はホテルフォレスタ鳥海で、このホテルは夕日や日没で刻々と変化する鳥海山が部屋の窓から見える。それはそれは圧巻だった。ホテルは土田牧場から三十三キロ程だが、住所は由利本荘市である。同市もランキング「北海道・東北ブロック」で第十四位に入っている。

編集者たちは、「秋田は各市の表情が全部違って、全部個性的なんだよなァ」と口をそろえた。秋田市、鹿角市、にかほ市を見ただけでそう断じるのもおこがましいが、私もそう思う。男鹿も大館も角館も湯沢も、他の市も、名産から風景、行事まで非常に個性が際立ち、他ではまねができない。

あとは観光であれ移住であれ、この個性や魅力をどうアピールし、秋田に人を呼び込むかだ。

にかほ市はランキングにおいて、十八歳までが対象の子ども医療費助成制度が外来・入院とも所得制限なしで、八百十二市区中第一位。人口当たり犯罪件数や交通事故件数の少なさは全国のトップテンに入っており、他にも上位を占める項目があることに自信を持っていい。

ただ、このランキングは、いわばお堅い雑誌のもので、一般の目には触れにくい。秋田をアピールすることに真剣になる必要がある。県民一人一人が、贈り物は秋田の物産にし、そして秋田を案内する。そこから始めることをバカにしてはならない。私は実体験から思う。

（2019年7月21日）

IKKOさんの「手口」

八月十七日に秋田市文化会館で、美容家のIKKOさんのトークライブがあると秋田魁新報の広告で知った。そのIKKOさんとは、四月に対談したところである。

先頃、私は「きれいの手口　秋田美人と京美人の『美薬』」という新書（潮出版社）を出し、その巻頭対談だ。NAMAHAGEダリアを抱いた写真もある。

これまで、美容関係企業や組織などが「美肌県」とか「色白県」とか多くの項目を丁寧にチェックし、美人県のランキングを発表してきた。秋田も京都も常にトップというわけではない。項目によってはかなり落ちる場合もある。

なのに「秋田美人」「京美人」という二大ブランドは、日本人の中で揺るがない。なぜなのかと考え、両地方の共通点と相違点を取材した一冊だ。

秋田美人代表としては、元横綱大鵬夫人で菓子舗榮太楼《えいたろう》の納谷芳子さんと、女優の壇蜜さんに登場していただいた。京美人の代表は祇園の料亭「鳥居本《とりいもと》」の田畑洋子女将《おかみ》と女優の杉本彩さんである。

秋田出身で読売新聞特別編集委員の橋本五郎さんは、「秋田の女は素《す》の美人。京都の女は磨かれた美人」と私におっしゃっている。この四名を思い浮かべても納得する。

かつて、女性にはかなり目の肥えているテレビプロデューサーと秋田に行った。その時、彼はうなった。

「秋田は小中高生に、驚くほど美人が多いね」

これは「素の美人」を裏づける言葉だ。実際、秋田魁新報の別刷り「土崎港曳山《ひきやま》まつり物語」に出ていた土崎小学校の保坂聖來《きよら》さん、佐藤杏《あん》さん、三浦怜和《れな》さん、そして竹内洸稀《こうき》さんは、そろいにそろって秋田美人。プロデューサーの言葉が甦《よみがえ》った。

IKKOさんは対談で「きれいの手口」を色々と語っておられるが、その幾つかを紹介する。美容のテクニックより、精神面の話が多いことが印象的だった。

「外でどんなにつらいことや苦しいことがあっても、家に帰って夜寝るまでの何時間かは幸せなことだけに囲まれていること」

それは子供や家族との会話であったり、好きな音楽を聴いたり、何でもいい。

また、彼女は現在五十七歳。

「五十代までの自分のいろんなものを引きずることをやめた。自分の器があるとしたら、四十代までのもので埋められてしまう。一度空っぽにして五十代をつくろうと断捨離した」

五十代以前の服なども思い切って捨てた。世間にはアレもコレも手にしたい人たちもいる。だが、多くの場合、一人の人間が両手に持てる物には限りがある。

「そうです。いつかは自分の首を絞めるような人生を歩くことになるから」

次の言葉も納得できる。

「周りが担いでくれるときに調子に乗りすぎるな」

ＩＫＫＯさんは「どんだけ～！」という言葉で、日本中に知れた人になった。だが、二度目の神輿《みこし》はないと思っていると断じていた。

また、「もうトシだから」などと言って肌の手入れから洋服まで手を抜く人たちに警鐘を鳴らす。

「『よそいき』って、昔は言いましたよね。『よそいき』という心意気はすごく必要ですよね。それは絶対に外見を変える」

特に中高年で目立つのは、リュックにボサボサの髪を隠すための帽子、ズボンにペタンコ靴。このいでたちでどこにでも行く。「よそいき」という心意気が消えた。ＩＫＫＯさんは、「公の場に出る時」「仕事の場に出る時」「普段着」の三種類は必要だと言う。体調が悪い人は別にして、どこに行くにもリュックに帽子という「オールインワン」を考え直す時が来ているのではないか。

（2019年8月4日）

友達ができなくて

この連載の女性読者からお便りが届いた。住所も名前もないが、文面から推測すると五十代以上と思う。

きれいな文字で細やかな感想と共に、末尾に短く次の内容が書かれていた。

「私は友達ができないタイプで淋《さみ》しい。仲間に入れてもらおうと、努力するのだが入れてもらえない。若い頃からそうなので私自身に問題があるのだと思うが、どうしたら友達がつくれるのかと悩む」

私はこのテーマで、女性誌からコメントを求められたことが何回かある。友達のつくり方など人それぞれであり、置かれている状況もみんな違う。答えるのは難しいので、コメントはお断りしてきた。

するとある日、何年か前のことだが、ノンフィクション作家の吉永みち子さんから電話が来た。

「私とあなたが親しいと聞いて、よく知ってる編集者に頼まれたのよ。『友達のつくり方』みたいなテーマで、対談してほしいって。友達がいなくて淋しい人、多いらしいね」

吉永さんもこのテーマでコメントを求められるたびに困っていたらしい。そのため、とにかく対談して話そうということになったようだ。結果、あきれてしまうほど、「友達づくり」に関する考え方が一致していた。

「友達になりたくて必死に取り入ったり、下手《したて》に出たりする必要は一切ない」

仲間に入れてほしい気持はわかるが、これをやると友達ではなく、手下《てした》に扱われてしまう。一度その扱いを受けると、そこから脱するのは難しい。もとより、友達というものは対等な関係であるはずだ。

「友達同士で一番大切なことは、距離感」

たとえば毎日のように電話し合うとか、LINEでやり取りするとか、どこに行くにも誘い合うとか、そんな関係は危うい。少しでも連絡が途絶えると、嫌われたのか、私のどこが悪いのかなどとなり、相手にしてみればうっとうしい。どの程度の距離を保つかは大切なことだ。

知人の六十代女性はカルチャースクールで習いごとをしている。生徒は六十代、七十代を中心に女性ばかり十人ほどだという。しかし、彼女だけが帰りのランチに誘われない。講師が入院してお見舞いに行く時も、忘年会にも声がかからない。

彼女は本当に落ち込み、涙ぐむ。確かにひどい話だが、以前に何かで読んだ。

「他人が決定権を持つことがらは、自分ではどうにもできないので放っておく」

こんな内容の文章だったが、これは元気に生きるための極意だと思う。

ランチや忘年会に誘うか誘わないかとか、人事異動で昇格するかしないかとか、大会の代表選手にするかしないかとか、世の中には自分に決定権がないことは幾らでもある。

そういうことがらは気にせず、放っておけと、この言葉は言っている。

本当にそう思う。自分が努力しても、決定は他人に委ねられている。

「彼女は誘わない」

と、相手が決める。自分の努力でどうにかなるものではない。放っておけばいいのだ。涙ぐんだり落ち込んだりは相手の思うツボ。

雑誌の対談で、最後にまた一致したのが、

「友達はつくるものでなくできるもの」

ということだった。

ご機嫌を取らなくても、べったりと連絡し合わなくても、気が合い、いざという時は頼りになる。そんな友達ができるまで、楽しく一人遊びの努力をした方が、精神衛生上もずっといい。そうなると「友達なんて、できなきゃできなくていいわ」とゆとりも出る。

（2019年8月18日）

五輪に棲む魔物

東京五輪まで、ついに一年を切った。

秋田市出身のレスリング五輪選手、太田章さんはある時、私に語っている。

「オリンピックには魔物が棲《す》んでいるっていうけど、ホントなんだ。ホント」

彼とはよく、一緒にプロレスを観《み》に行ったり、お酒を飲んだりしていたので、その時に聞いたのだと思うが、彼自身がその魔物にとりつかれたのかどうかは明言しなかった。

ただ、彼はフリー90キロ級で、二回連続の銀メダルである。一九八四年のロサンゼルスと一九八八年のソウルだ。明言はしなかったが、私はあの時、二度にわたって金を逃したということは、やはり五輪の魔物にやられたのだろうかと思ったものだ。魔物は日頃の実力を出させないのだと聞く。

大きな大会は他にもあるが、どうも魔物は五輪にだけ棲んでいるようだ。

ひと頃、代表選手たちが目標などをインタビューされると、笑顔で、

「楽しんできます」

と答えることが目立った。いや、五輪選手だけでなく、大きなタイトルをかけたプロスポーツ選手からもよく耳にした。

私はこの答えに大きな違和感を覚えていた。「楽しむ」というのは個人的な意味合いが強いため、少なくとも選ばれた人間が公の場で言うことではなかろう。

すると、日本水泳連盟名誉会長の古橋広之進さんが、何かで「楽しむというのは違う」と苦言を呈された。すぐに「楽しんで何が悪い」と叩《たた》かれたが、古橋さんはまったくブレなかった。

私はぜひお話を伺いたいと思い、月刊「潮」（潮出版社）の対談にゲストとして来て頂いた（二〇〇五年十二月号）。当時、私は同誌の対談ホステスだった。

その席で古橋さんは、五輪選手が「遊びに行くような雰囲気」では困るとおっしゃり、

「国費を使って行くわけですから、その自覚が必要です」

と厳しい表情で断じておられた。

それから時がたち、ふと思った。

「楽しんできます」という言葉は、魔物に対して、また世間の過剰な期待や応援に対して、選手自身が牽制《けんせい》していたのかもしれないなと。

国費で行くとはいえ、競技はやってみなければわからない。国を挙げての期待、地元の大応援団の熱気、それらはありがたい半面、選手には大変な重圧だろう。

そのため、前もって「自分は楽しみに行くのだ」とバリアを張っていた。そう考えると理解できるし納得できる。

八月十一日の読売新聞に、重量挙げの一ノ関史郎さんの大きな記事があった。

一九六四年の東京五輪で「金メダル第一号」を期待されていた選手だ。私は高校一年だったが、秋田出身者が第一号を取るだろうということで、それまで重量挙げには関心もなかったのに、それはそれは期待した。

一ノ関さんは、五輪の魔物がやって来たと同紙に語っている。会場の異様な熱気に震えが止まらない。秋田からはナマハゲも一緒に大応援団が叫んでいる。ところが極度の緊張で覚えていない。

結果、日頃の力が出せず銅メダルに終わった。

その後、一ノ関さんは書道に道を求め、努力を重ねた。今では国内有数の書道展に入選する実力だ。そして子供向けの習字教室に力を尽くしている。

「百歳になった時、自分に『人生の金メダル』をかけてあげられるように生きたい」

五輪の魔物のような、生きていれば数多い理不尽な経験は、誰にとっても「人生の金メダル」を近寄せるものではないだろうか。

（2019年9月1日）

薬はデザート

八月十二日付の秋田魁新報に出ていた「シニア川柳」は大傑作だった。

「毎食後デザートのように薬飲む」

湯沢市の石井久子さんの句で、文化部の選でも花マルに選ばれていた。

私は十一年前、岩手県の盛岡市で倒れた。大動脈と心臓の急性疾患だった。急性なので防ぎようもない。

すぐに救急車で岩手医科大学付属病院へ搬送された。私は意識不明で何もわからなかったが、一刻を争うとして、二時間後には緊急手術である。

幸い同病院にはカリスマ心臓外科医がいらして、十三時間近くにわたる大手術の末、私は奇蹟《きせき》的に生還できたのである。

以来今日まで、東京の病院で血液検査や心電図などの定期検診を受けている。決められた薬を朝晩の食後に飲む。薬は検診結果によって量や数が調整される。

以前に秋田滞在中に頻脈が出たり、時に不調なことも起こるが、あの大病から十一年がたっても元気である。これは適正な薬のおかげではないかと思っている。

この前、女友達が内臓の手術をし、嘆いた。

「私ね、薬を一生飲まないとならないの…」

「あら、私もよ。それって、一生飲めば一生元気でいられるってことでしょ」

と返すと、彼女は、

「それもそうね」

と笑い出した。

石井さんの川柳を読み、次からは、

「あら、それってデザートでしょ」

と言うことに決めた。

週刊誌では最近、

「この薬は飲んではいけない」

「患者には処方しても医師自身は飲まない薬」

「病院が儲《もう》けるために出す薬」

といった類いの特集が目につく。多くの場合、よくない薬が疾患別に一覧表になっている。

私はパラパラとめくる程度で、悪いとされる薬のチェックはしない。というのも、私は薬のシロウトであり、判断がつかない。一覧表を見て動揺したり、疑心暗鬼になる方が体に悪い。

そんなある夜、親しい友人たちと食事をした。そのうち三人は医師で、週刊誌特集の話になった。

すると、それぞれ別の病院に勤務する三人が口をそろえた。

「記事の切り抜きを持って、詰め寄られるよ」

「私もよ。『だましてたのか』『儲け主義か』とか怒り出すし。前もって医師と薬剤師から服用する薬の説明をして、どんな薬にも副作用はあると伝えてる。この薬は長期間飲むと、こういう副作用が出る場合があるので、私がきちんとチェックしますって話してあるんだけど、あの記事で信用されなくなるの」

「記事に赤マルつけて、これとこれだけやめてくれとかね。その二つをやめると、こういう症状が出ますよと言っても聞かない」

「やめる方が怖いと説明してもダメな時がある」

「そういう人はセカンドオピニオンを聞くと言って、別の病院に行くね」

「セカンドオピニオンを聞くのは正しい選択よね」

「そう。で、何カ月かしてまた僕のところに戻って来た患者がいるんだよ。サードオピニオンまで聞いて回ったら、どの病院も僕と同じ薬を出したって。なら慣れている先生の方がいいですだって」

「サードまで聞いてスッキリしたんだな」

私は医師と薬剤師の説明で、十分に納得して飲んでいる。

だが、不安を持つ人は主治医に率直に、私の薬は、つまりデザートはプリンとケーキで本当に問題ないのかと、冷静に質問するのがいいかもしれない。

（2019年9月15日）

文化を売る

九月のある日、ノースアジア大学が主催する文学賞の選考会で、秋田に行ってきた。その時、少し回り道をして、オープンしたばかりの「M's APARTMENT」（以下M's）と「赤居文庫」をのぞいてみた。秋田市民市場の隣にある。「M's」は家具販売店で、二階建てビルの二階。一階が「赤居文庫」といい、併設されたカフェだ。

私はこれらを、秋田魁新報の記事（九月十日付）で知った。ぜひいつか行ってみたいと思い、その記事を切り抜いて手帳にはさんでいた。

記事を読んで驚いたのはこの家具店では「カリモク60」というブランドに徹底してこだわっていることだった。これは一九六〇年代の木製家具を復刻したもの。今から六十年近く前のデザインや佇《たたず》まいであり、言うなれば「レトロ」だ。

私の周囲にはファンが多く、家に遊びに行くとリビングだけがカリモク60で整えられ、あの頃のポスターや雑貨が飾ってあったりする。玄関だけをそうしている人もいて、靴をはく時に座る椅子や、アンティークな花瓶、ブリキのオモチャなどが置かれている。

ソファをカリモク60にしている友人宅は、リビングに昭和の匂いがある。それは現代のシャープで機能美が光る家具とは違う。木目にしても、色使いにしても、研ぎ澄まされたというより、やさしい。当然ながら「M's」も広い家具店とは趣を異にする。

秋田魁新報によると、扱っている家具は、三万三千七百円〜十四万二千円（税抜き）という。「安くてオシャレで今っぽい」家具が人気の中、私は売れるかどうかと案じた。

ところが、店の人に聞くと、初日は二百人以上の客が入り、その後も来店者は多いそうだ。

それもわかる。店内が面白い。一九六〇年代の文化を知っている人には「ワンダーランド」だ。知らない人には刺激的だろう。カリモク60のレトロな家具が存在感を示す一方、ガラス食器や素朴な蛙《かえる》やサンタクロースの人形、ブリキのオモチャなどがあの頃の文化を語っている。

古い冷蔵庫や足踏み式ミシン、真空管の蓄音機等々、昭和三十年代を扱う骨董《こっとう》店のようだ。だが、店内の品はすべて売り物だそうで、真空管の蓄音機には四万七千円の値札があった。

そして極め付きは、無料でかけられるジュークボックス。何しろ入っている曲が、全部レトロだ。カスケーズの「悲しき雨音」、トロイ・ドナヒューの「恋のパームスプリング」、ポール・アンカの「ダイアナ」である。「コーヒールンバ」や「キサナドゥーの伝説」や「シェリー」である。

おそらく、時と共に消えた文化を経て、現代が生まれたのだと、誰もが実感するだろう。同時に、現代にはない新しさや安らぎを感じるかもしれない。

ノースアジア大に向かう時、一階のカフェ「赤居文庫」を外からのぞいてみた。びっくりした。ほぼ満席。ここには千冊もの本が置かれ、客は自由に読める。そしてお茶を飲みながら読書ができる。夜にはお酒も出すという。

ふと東京で注目されている日本酒バーやカフェが甦《よみがえ》った。いずれも壁一面に本が並び、日本酒やお茶を片手にゆっくりと読書が楽しめる。読書習慣のない人でも、つい手に取ってハマることもあろう。

それらの店々も、秋田の「M's」や「赤居文庫」にしても、文化を売っているのだと思う。赤居文庫の店内で、ミニコンサートや文学講座をやるのも喜ばれるのではないか。

ビジネスばかりではなく「文化を担う」という店が秋田にできたのは嬉《うれ》しい。

（2019年10月6日）

豊かな「半殺し」

新米が出回って、いよいよ「きりたんぽ鍋」の季節がやって来た。

もう、何というおいしさなのだ、あの鍋は！

毎年一月二日、女友達三人の家の持ち回りで新年会をやる。私の場合は毎年、きりたんぽ鍋をリクエストされる。その食べる量たるや！　私は秋田に行った時に、ヤケッパチのようにドカッとキリタンポを買い、比内地鶏を買う。セリは当然、三関《みつせき》のセリ。デザートは秋田のリンゴである。彼女たちはそれを頬張り、これも毎年言う。

「秋田ってホント、豊かだよね。米から鶏からリンゴから。贅沢《ぜいたく》な県だわ」

ないように思う。
まさにその通りなのだが、どうも県民にはそれが当たり前で、有り難さを感じてい

きりたんぽが豊かさの象徴であることについて、とてもいい文章を読んだ。それは二〇一五（平成二十七）年三月号の「味の手帖」（味の手帖）に、菅原康人さんが書かれたもので、私は今も切り抜いて取ってある。

実は菅原さんはかつて、秋田魁新報社の文化部長兼論説委員で、私のこのコラムも担当されていた。

菅原さんの文章は、強烈なセリフで始まる。

「きりたんぽの半殺しは、秋田の豊かさの証明なのです」

これは取材で話を聞いた時の、梅津末子さんの言葉だそうだ。梅津さんは岩手県の郷土料理研究家。

「半殺し」とは、炊きたてのご飯をすり鉢とすりこぎですりつぶすことだという。ご飯粒が半分残るくらいにすりつぶすため、なるほど「半殺し」である。

粘り気が出た半殺しのご飯を、杉の棒に巻き付けて焼いたものが、きりたんぽ。

岩手は昔から冷害や飢饉《ききん》に苦しんできた。その岩手にも「ひっつみ汁」があるし、青森にも「せんべい汁」がある。だが、これらは米ではなく、小麦粉の加工食材を使っ

ているると菅原さんは書く。「やませ」と呼ばれる冷たい東風のために米が育ちにくい地域で、代わりに小麦を栽培していたがゆえの食文化である。

一方の秋田は奥羽山脈によって「やませ」が遮られ冷害に悩まされることはきわめて少ない。ほぼ全域で稲作が行われ、昔から日本の米蔵だった。この豊かさが「きりたんぽ」を生んだ。梅津さんの次の言葉は秋田の豊かさと、それを県民が昔から、当たり前のこととしていた姿がわかる。

「貴重な白米をすりつぶすなんて、岩手では恐れ多いことだったのです。確かに、半殺しにしたご飯を大事なお客さまのおもてなしのために供する。つまり『ハレ』の食としていた地域もあったのですが、秋田では普段の食事できりたんぽを食べる。つまり『ケ』の食であることがかつての豊かさを象徴しているのです」

主食に困ったことのない秋田県民は「生保内節《おぼないぶし》」でも歌っている。

「吹けや生保内東風《おぼねだし》　七日も八日も吹けば宝風　稲実る」

この歌について、岩手のある文化人は、菅原さんに「けしからん」と怒ったそうだ。東風は岩手や青森では歓迎せざる「やませ」である。なのに、秋田では稲が実るための「宝風」と呼んで「どんどん吹いて来い」と言うのか！という怒りだ。菅原さんは「そうではなく、ごくまれに吹く真東からの風だけが宝風なのだ」と説明したというが、なかなか納得してもらえなかったそうである。

今、秋田みそや県産豚肉などを使った「きりたんぽみそ鍋」も評判だ。何があっても、豊かな郷土料理で県民は立ち直る。菅原さんは次のように結んでいる。

「豊かさを背景にソウルフードとなった『半殺し』で、秋田県民は生き返るのである」

（2019年10月20日）

「普通」じゃないのよ!!

ある朝、新聞広告にびっくりした。雑誌「FRaU《フラウ》」（講談社）が、一冊丸ごと秋田特集だったのだ。

丸ごとの定番は京都だ。次いで金沢、横浜か。

それもFRaUという雑誌、月刊誌だった頃から一定の格調を崩さない。そんな雑誌で「一冊丸ごと」の秋田とは、編集長の大変な英断だと思う。

すぐに買いに走ったところ、残り一冊。妙に嬉《うれ》しい。読んで「うまいなァ」と思った。というのは、秋田の名所や名物を取り上げているのだが、これだけなら旅行情報誌でも、ネットでもわかる。FRaUの場合、あらゆる情報のすべてを「秋田美人のヒミツ」に収斂《しゅうれん》しているのである。

たとえば白神《しらかみ》山地の紹介では、ブナの原生林は天然のダムであると書き、良質な水に触れる。豊かな森と清らかな水が、秋田美人の肌をつくったのだと、行間で語る。

さらには鳥海山の伏流水が、恵みの水だとも書く。確かに肌がカサカサに乾いている秋田の女性と会うことは、まずない。

そして「発酵食」が続く。秋田は昔から発酵食品では全国でもピカイチだろう。雪深い風土の中で、どう食品を保存するか。そこから生まれた食文化だ。

すっかり若い人にも定着した麹《こうじ》。そして甘酒、味噌《みそ》、醤油《しょうゆ》などを使った料理の数々が、美しい写真で並ぶ。ハタハタ寿司《ずし》もだ。

麹は美肌をつくると、言われるが、FRaUは気持がいいほど断じている。

「秋田の女性のツヤ肌は、からだに優しい発酵食の賜物です」

さらに日本酒。秋田は酒どころでもある。日本酒が肌にいいこともよく聞くが、かって大相撲の親方がしみじみと回想していた。

「昔の相撲取りはものすごく肌が張って、きれいだった。日本酒しか飲まなかったからですよ」

しょっつるも工夫を重ね、「しょっつるポン酢」があるという。ドレッシングや冷しゃぶに合うらしい。

そして、温泉。秋田には百二十近い温泉が点在しているそうで「秋田美人の秘密は心と体を癒やす温泉にあるのかも」と書く。同感だ。私は秋田の女友達が何人も、日帰りで温泉のハシゴをしていると聞き、納得したものだ。言うなれば、「オバサン」や「オバアサン」の年代であるのに、シワもシミも薄い。あるのだが薄い。

こうして全県の名産、特産を、丸ごと一冊、秋田美人に関連づけている。「秋田美人」という言葉は、秋田県人が考えるより遥《はる》かに大きく、遥かに浸透していると実感する。

こうなると、表紙の秋田犬にも意味があったのだと気づく。大館出身の「おもち」という名の女の子。真っ白な顔や体は「雪肌」そのもので、まさにお餅。黒くて澄んだ瞳と相まって、秋田美人の典型だ。

他にも曲げわっぱや白岩《しらいわ》焼、あけび蔓《づる》細工、かば細工なども紹介されている。いずれもどこか純粋で、芯の強さを感じさせる姿は、秋田美人の印象なのではないか。

秋田のたったひとつの難点は、秋田の豊かさ、美しさ、オリジナリティーに、県民があまり気づいてないことだ。FRaUでも美容エディターの松本千登世さんが書いている。

「秋田は美人が多いんですよね、と聞くと『そんなことないですよ』。秋田の価値に、びじんの奥深さに、気づいていないと言うのです。私たちが思う『特別』は、彼女たちにとっての『当たり前』に」

秋田は、老舗の雑誌が「丸ごと一冊」作ってしまうほど魅力的なのだ。県民が「普通」としていることは、他では「特別」なのだ。そこに早く気づいて個々が発信していく必要がある。

（2019年11月3日）

オール3という失策

このたび、秋の叙勲で旭日双光章を受けることになり、秋田の皆さまからたくさんの祝電、お手紙などを頂いた。私は東京育ちではあるが、生まれ故郷の人々のお気持がどれほど嬉《うれ》しかったかわからない。

受賞の理由が「地方教育行政功労」だと知った人たちは、その意外性にみんな驚いたが、私自身もびっくりした。確かに、二〇〇二（平成十四）年から三期十二年、東京都教育委員を務めてはいる。教育委員の仕事は膨大な時間を取られ、そして叩《たた》かれることも少なくない。そんな本職以外の仕事にも目配りしていただいていたのかと、嬉しかった。

私が委員を引き受けたのは、敢《あ》えて言うが、「地に堕《お》ちた都立高校」を復活させるために何かができないかという思いだった。当時、高い見識と実行力を持つ教育委員たちが、復活に向けて身を粉にしていることは、私も報道などで知っていた。その中で、手伝える何かがないだろうか。

都立高校を地に堕とした最大の原因は、一九六七（昭和四十二）年に導入された「学校群制度」だと私は考える。

それまでの都立高は、それぞれ個性的で、一流大学の合格率が高いところ、スポーツの強いところ、そしてガリ勉のところ、青春謳歌《おうか》が一番というところ等々、千差万別の個性だった。受験生はその中から自分に合う一校を選び、合格を目指した。

ところが「学校群」という制度は、学区内の高校を群（つまりグループ）に分ける。たとえば、第一学区の十一群とされるグループは、日比谷高、九段高、三田高である。いずれも偏差値は高いが、個性はまったく違う。受験生は十一群を受けて合格しても、三校のどこに行かされるのかはわからないのである。

こうして、全都立高は三十五群に分類された。偏差値の近いところを同群にしたとのことだが、学校の個性は偏差値ばかりではない。

たとえば私の母校・田園調布高は、第十四群として小山台高と組んだ。田園調布高は言うなれば「青春謳歌《おうか》」型であり、大学合格率もいまひとつだ。

一方の小山台高は際立って優秀な理工系で、東京工業大学合格者数全国第一位を取るほどだ。偏差値も個性もまったく違う二校が組まされた。小山台高から東工大を目指していた受験生が、自分の意思は無視され、青春謳歌型の田園調布高に割り当てられる。これは受験生への暴力だと思う。

この制度は、高校間の格差をなくすためという理由もあって作られたと聞くが、各群の格差ができた。かつ、行きたい高校に割り当てられなかった生徒は、ふてくされる。自暴自棄にさえなる。経済的にゆとりのある家庭は都立を見切り、私立を目指させる。結果、東大合格者数で一流私立を圧倒していた日比谷高は、みるみる沈んだ。瞬時にして都立高は個性を失い、言うなれば全高校が、可もなく不可もないオール3になってしまった。

さすがにこの制度はまずいと思ったのか、一九九四(平成六)年に廃止された。その後、教育委員会も教育現場と連携して、数々の手を打ってはきた。しかし、二十五年がたつ今も、かつての姿までは取り戻せていない。

学校にせよ個々人にせよ、平らにオール3にならすことは「平等」とは違う。

かつて、運動会で手をつないでゴールさせることが問題になった。あれは足の遅い子への配慮だろうが、この「平等」は足の速い子が自己実現できる場を奪ったのだ。

「平等」の名の下に、個性を殺すことは、学校の、そして生徒の将来をも殺すことだと私は考える。

（2019年11月17日）

14歳の君へ

共同通信が全国各紙に配信している「14歳の君へ」という連載企画がある。

これは各界の方々が、中学生に向けた紙上授業だ。数学や国語などの教科から課外活動に至るまで、その教科にふさわしい「教師」が語る。興味深いのは、教科を語りながらも「どう生きるか」がにじんでおり、大人にも人気だと聞く。

ある日、私に連絡が来て、「課外活動」について語ってほしいと言われた。記者は、私が四歳から大相撲を愛し続けていることに関心を持ったようだった。お受けした私は、

「好きなことは絶対にやめてはいけない。周りから変人扱いされようが、断固とし

て続けなさい」

と十四歳に力説した。

私は十四歳の頃、大相撲が好きで好きで、勉強よりも部屋別「力士ノート」を作るのに忙しかった。周囲からは変人扱いされたが、ナーニ、そう思うなら思えばいい。自分の好きなことに他人の指図は受けない。

「好きなこと」というのは受験に役立つとか、すぐプロになれるとかいうものではない。であればこそ周囲は心配もするが、一つだけ飛び抜けて得意なものを持つということは、自分の拠《よ》り所になる。自信になる。これだけは他人に負けないと、そう自負しているものを持つことは本当に人生を変える。

私は中高生の頃、教科では国語、趣味では大相撲。この二つ以外は手のつけようがないほどできなかった。ついに高校生のある日、担任に呼ばれた。全教科、せめて平均点を取れと言われるだろうと覚悟して行くと、

「オール3である必要はないよ。5が一つあれば、他に1があってもいい。僕は何か一つだけできる子、すごく楽しみだよ」

と笑顔で言われた。あの言葉は忘れられない。

大相撲ではよく「化ける」という言葉を使う。弱かった力士が急に強くなることを

言う。これはその力士が懸命に努力を重ね、蓄積したものが花開いたのだ。蓄積していけば、人は必ず化ける。

新聞紙上でそんなことを語ったら、共同通信の記者が「文章も論旨も文字もみごとな手紙が届きました」と感嘆して送ってくれた。

秋田県立横手清陵学院中学三年の多賀糸尊《たける》さんからのものだった。

彼は幼い頃から仏像が好きで、各地の寺社仏閣を訪れ、資料を読み、絵を描いてきたという。幼稚園の頃から仏像に関する切り抜きを始め、そのノートはすでに百二十四巻になるそうだ。

尊さんは今の時代にあってもスマホを持たず、堂々たる字で手紙を書く。難しい漢字も間違いなく使う。そして仏像絵の作品展を開くほどのめり込む。私が言われたように、今は「変な子」と笑われることもあろう。だが、彼は「将来は博物館の学芸員になって、修復の仕事に関わりたい」と中学三年にして明確に将来を見据えている。

ノースアジア大学主催の文学賞選考委員として、高校生の作品を読んでいると、「あぁ、この人は書きたい人なんだなァ」と思わされることがよくある。だが、「書きたい」とか「作家になりたい」とか口にすると、変人扱いされるとして隠すこともあるだろう。

ただ、これだけは言える。

「好きなことは他人がゼロからスタートする時、自分は10ポイントプラスほどの地点からスタートできるのだ。周囲の目を気にして、自らそれにフタをするほど損なことはない」

私は尊さんにも、また多くの中高生にも、好きなことや関心のあることとがっぷり四つに組んでほしいと思う。それはきっと、秋田の将来を救うことになる。

（2019年12月1日）

小さな神たちの祭り

東日本大震災からしばらくたつと、よく耳にした。震災で亡くなった人がタクシーに乗ったとか、遺品のケータイが鳴ったとかだ。亡くなった子供のオモチャが動き、位置が変わっているという話もあった。

これらを「幽霊」という言葉でとらえるメディアや人々に、私は非常に違和感を覚えていた。それは亡くなった人の「気配」を感じることであっても、「幽霊」ではない。

震災後、私は思う時があった。亡くなった人たちは、どこかでみんな楽しく暮らしているのではないか。

生きている人たちの前からは確かに消えた。だが、どこかに以前のままの町や家やご近所さんがあって、大人も子供も元気に生きている。そして、私たちが彼らをいつも思い出すように、彼らも私たちをその町から見守っている。そんな気がした。

すると昨年、仙台の東北放送（ＴＢＣ）から、「開局六十周年記念の二時間スペシャルドラマを書いて欲しい」と依頼された。

ＴＢＣがドラマを自社制作するのは二十二年ぶりだそうで、たった一つだけ条件があった。

それは「３・11の震災をからませること」である。その瞬間、私は言った。

「書きたい話があります。ＴＢＣでなければ作れないドラマです」

そして、震災で姿を消した人たちが、どこかで昔のままに元気に暮らしている設定を話した。彼らは生き残った人たちに対し、

「みんなこっちで楽しくやってるから、ずっと悲しんでンじゃないよ。そっちに残

してきてごめんな。だから、思った通り生きてくれるのが、俺たち一番うれ嬉しいんだよ。見てるぞ！」

という思いを持っている。大人は相変わらず酒を飲み、子供や犬は遊び回る。それは決して「幽霊」の住む町ではない。生きている私たちも、消えた彼らもお互いの気配を感じながら共にあるのだ。

ドラマの主人公は突然、その町にトリップしてしまう。そこは、昔のままの町で、消えた家族や友人知人が陽気に暮らしていた。母親の作るカレーの味も、子供たちのはしゃぎも、まったく変わらない。

ウディ・アレン監督の「ミッドナイト・イン・パリ」という非常に面白いトリップ物語があるが、そんな明るいドラマにしたかった。

もっとも私とて、これほどに荒唐無稽な話は、開局六十周年という記念番組の企画を通るまいと思っていた。なのに、TBCのプロデューサーたちは面白がり、ぜひそれで行こうとおっしゃる。そして、宮城出身の千葉雄大さんが「この役は誰にも取られたくない」とまで口にされ、主人公に決まった。仙台出身のサンドウィッチマンのお二人も分刻みのスケジュールを縫って出演を快諾。

こうして、「小さな神たちの祭り」という題で、TBCとテレビユー福島の2局だけで放送された。ところが視聴率が良く、ネットでも話題になり、続々と全国で放送が決定。

そしてついに、秋田放送（ＡＢＳ）でも決まった。一月五日午後二時五分から四時までである。

今、震災の記憶は、各地方によって、また各人によって濃淡が出てきた。「風化」という言葉が当たる場合もある。だがあの日、「さよなら」も「ありがとう」も言えぬまま、突然いなくなった人たちの思いを、風化させないのが、生き残った者の務めだ。そんなドラマにしたかった。

ただし秋田の放送日は、高校サッカーの県代表・秋田商業が準々決勝に勝ち上がった場合、未定。秋田の皆さまには早く見て欲しいし、秋商には勝って欲しいし、どちらになっても嬉しいことだ。

（２０１９年12月15日）

どん底があってこそ

昨年末、都内のホテルで社会貢献支援財団の昼食会があった。

毎回、ゲストが講演するのだが、その日の講師は秋田市の佐藤久男さんだった。ご存じのように、「あきた自殺対策センター蜘蛛《くも》の糸」の理事長である。自殺率の高い秋田にあって、同センターは「死んではいけない」と、共に考えるNPO法人。社会貢献支援財団の表彰も受けている。

佐藤さんは講演後、安倍昭恵会長や作家の井沢元彦さん、ロバート・キャンベルさんらメンバーから質問攻めにあっていたが、非常に印象に残る一言があった。私が、

「自殺を思いとどまる人は、少しずつ少しずつ明るい方を見て、『よし、生きようッ』に行き着くんですか」

と聞いた時の答えだ。

「いや、急に『生きるぞッ』となるんです。少しずつではなく、急にです」

これは胸に残る言葉だった。いかなる事情にせよ、「死ねば楽になる、死のう」と思うことは不思議ではない。だが、いざ死ぬまでにはあがき、苦しみ、廃人同様になるまでのたうつ。

そして底辺の底辺、そのまた底辺まで行った時、急に「生きるぞッ」となることは、今までに聞いたどんな言葉よりリアリティーがあった。

実際、佐藤さんご自身が二つの会社を経営していたが、倒産。二社は人手に渡ってしまった。

ご著書の『死んではいけない』（ゆいぽおと）には

「絶望感と喪失感でうつ病に陥り、幻覚、フラッシュバック、幻聴に悩まされた。自殺の衝動がつきまとっていた」

と書かれている。半年近くも苦しみ抜き、死を考え、どん底で廃人同様になっていたのだ。

それが急に「生きるぞッ」となったのには、それまでの間に多くの人々からもらった言葉や心、また自分で感じた様々なことが蓄積されてはいただろう。

だが、明らかに「急に」変わったワンシーンが同書にあった。

絶望の中、若い頃に登った朝日連峰を思い出したそうだ。山形県と新潟県をまたぐ朝日連峰を思った時、なぜだか青い峰を一人で越えて行く自分の姿が、しきりに思い浮かんだという。

『日暮沢』の谷底から登った連峰の山行きに、倒産後の自分の姿が重なった。

もう一度、人生を組み立て、絶え間なく一歩ずつ歩いたら、いつか、こころの朝日岳の山頂に届くのではないだろうか」

おそらく、これが佐藤さんの「急に」という出来事だったのではないか。

ただ、ここに至るまでのどん底の積み重ねが、「急に」を招いたのだと思う。

この話とはまったく関係ないが、オディロン・ルドンという仏人画家がいる。十九世紀末から二十世紀初頭に活躍した大画家だ。

私が武蔵野美大に入った頃だったか、大学図書館でたまたまルドンの画集を見た。彼は白黒の不気味な絵の巨匠という程度の知識しか私にはなかった。実際、ひとつ目の巨人とか殉教者の首とか、笑う蜘蛛とか、奇怪な絵ばかりが続くページをめくった時だ。突然、突然、色彩が飛び散るような花の絵が出てきた。今でも題を覚えているが「青い花瓶の中のアネモネとライラック」という絵だった。

ルドンは五十歳を過ぎてから色彩の世界に入ったそうだが、長く白黒の世界を生きていればこそ、こんなにも鮮やかな色が見えたのだ。ルドンの研究者には噴飯物の自己解釈だが、私は本当にそう思った。

少なくとも、「死ぬしかない」とどん底をのたうつ蓄積が、「急に」生への覚醒につながる。それは間違いないのではないか。


（2020年1月19日）

弓取り式の重圧

大相撲初場所は、平幕徳勝龍の初優勝で大変な盛り上がりを見せたが、毎日、最後の最後を秋田県人の力士が締めていた。

ご存じ、横手市出身の幕下力士・将豊竜（時津風部屋）である。初場所三日目から、結びの一番の後で行われる「弓取り式」を務めている。

まだ二十三歳の若さ。少年の面影を残す顔に、百七十センチ、百十二キロの柔軟そ

うな体である。超満員の観客にも何ら臆することなく、ピンとした力強い四股を踏む。そのたびに会場から、

「ヨイショーッ！」

の掛け声がかかる。

弓取り式は、結びの一番に勝った力士に代わって行われるものとされる。テレビでもよくわかるが、千秋楽の結び前二番では、勝った力士にそれぞれ行司から「矢」と「弦」を贈られる。

そして、結びの勝者には「弓」が贈られる。しかし「弓」は勝者本人にではなく、行司は弓取り力士に贈る。初場所で言えば、勝者徳勝龍の代わりとして弓取り式を行う将豊竜が受けたわけである。

力士なら誰でも弓取り力士になれるわけではない。横綱のいる部屋かその一門の、幕下以下の者とされている。

将豊竜が所属する時津風一門のトップは横綱鶴竜。そして将豊竜はその付き人でもある。おそらく、力士らしい体に加え、裏表のない人柄や、超満員の観客にも動じない精神なども評価されたのだと思う。

実際、十四日目の天覧相撲に際しても、堂々たる弓取りを披露している。

相撲の歴史は神話の時代に始まるとする説もあり、明確になっていないものが多い。弓取り式の起源もそのひとつである。

私は東北大に「土俵という聖域——大相撲の宗教学的考察」という論文を出す時、弓取り式についても色々と調べてみた。

NHKのテレビ中継では「谷風起源説」を紹介していたが、それは寛政三（一七九一）年のことだ。将軍徳川家斉を迎えた上覧相撲で、弓をもらった勝者谷風は、突然土俵の中央に出た。そして将軍を前に弓を振り回したという。

このほかに「信長起源説」もある。元亀元（一五七〇）年に観戦した信長が、勝者に弓を贈った。これは「古今相撲大全」に記述がある。

さらには「天平起源説」も言われる。これは天平六（七三四）年にさかのぼる。この時代、天皇や貴族を前に相撲や音曲などを披露する「相撲節会《すまいのせちえ》」という行事があった。豪華絢爛《けんらん》な貴族文化だ。

その際、最強ランクの力士が取り組んだ後、勝者は弓を持って舞ったという。これを「立合舞《たちあいまい》」と言い、「古事類苑」に絵が出ている。肩に弓をのせ、四股のような動きの絵だ。現在の弓取り式に重なる所作を感じる。

だが、この三起源とも確かなこととは言えない。いずれも学問的に証明されていないのである。

もうひとつ、面白い決まりがある。弓取り式の最中に弓を落としたらどうするかということだ。これは足で拾うのである。私はその現場を一度も見たことがないのだが、手で拾うと、それは土俵に手をつくことになる。相撲界が何より嫌う黒星に重なる。そこで足の指で弓をはさみ、拾い上げる。

ならば、弓が土俵の外に落ちた場合はどうするか。すぐに呼び出しが手で拾い、土俵に戻す。弓取り力士はそれも足で拾い、また弓取りを続ける。

長い長い歴史と、結びの勝者の代理を務めるだけでも重圧だろう。その上、場合によっては超満員の観客を前に、弓を足で拾う難しさもありうる。だが、これらは必ず将豊竜を大きく育てる。

（2020年2月2日）

秀麗無比なる

秋田魁新報を読んでいると、鳥海山にからむ記事や記述、写真が多いことに気づく。秋田県民にとって、鳥海山は故郷の山であり、誇りの山なのだと思う。私は、「え？この人もこんなに鳥海山を…」と驚かされたことがある。

昨年十月に亡くなった実業家・植村伴次郎さんのお別れ会が十二月二日に行われた。その席でのことだ。

植村さんは由利本荘市のご出身で、外国映画やドラマの配給、衛星放送事業などのフロントランナーだった。昭和三十六年に「株式会社東北新社」を創立し、以来、世界を縦横無尽に飛んでこられた。

それはそれはダンディーな人だった。艶やかな銀髪で、白皙《はくせき》の美男子そのもの。私はお会いするたびに「秋田は美人だけでなく、美男もだなァ」と思っていたものである。

都心のホテルで行われたお別れ会の広い会場は人で埋め尽くされた。党を超えた政治家たちも実業家も芸能人も、みんなが美しい祭壇を見上げていた。

そこには「秀麗無比なる」鳥海山がそびえていたのである。故郷の山は何千本かという白い花で造られており、なだらかな稜線《りょうせん》が祭壇いっぱいに広がっていた。

そして、その鳥海山に抱かれるようにして、遺影があった。軽い言葉だが「イケメン」で、上品な中にも鋭い眼光を感じさせる。

世界中を相手にビジネスを展開し、多くの公職を務めた植村さんである。何かとうるさいであろうハリウッドの業界人からも、絶大な信頼を得ていたという植村さんだ。

だが、それほどの実業家が、最後に羽を休めたのは、故郷の鳥海山だった。

私は生前、何度も食事をご一緒したが、鳥海山の話になった記憶はまったくない。ただ、「東北新社」という社名と、東北を指している社章から、故郷を愛しておられることは感じた。

ずっと昔、横手出身の編集者、故・島森路子さんと故郷の山の話になったことがある。私が、

「鳥海山にどんな思いがある？」

と聞いた時だと思う。彼女は困ったような笑みを浮かべ、言った。

「うーん、いちいち思い出さないっていうか。いつもそこにある山だからねえ」

考えもしない答えだった。すごい答えだと思った。故郷の山というものは、そこに住む人たちにとって、当たり前にそこにあるものなのだろう。むろん、

「ああ、今日は鳥海山がきれいだ」

と思うことはあっても、他所者《よそ》のようにいちいち感動、感激はしないのだ。小さい時から、毎日いつも、そこにあるものなのだ。島森さんの答えには目がさめた。

あれから十五年以上がたち、先日『路上』の二〇一九年七月号を読んでいた時のことだ。これは歌人の佐藤通雅さんが発行している雑誌である。その中で歌人柏崎驍二の歌を知った。岩手出身の石川啄木にからめ、柏崎は方言で歌っている。

「啄木が言ふごどなしありがでと言った山が朝もゆがだもそごにただある」

啄木は「ふるさとの山に向かいて言うことなし　ふるさとの山はありがたきかな」と歌った。それを踏まえ、柏崎は、故郷の山・岩手山は、朝も夕方もそこにただあると詠んだ。遠い昔に聞いた島森さんの言葉が重なった。

おそらく、植村さんの心の中にも、鳥海山は思い出さないほど当たり前に、いつもあったのだろう。

そして、今はきっと、「ああ、故郷の山はありがでな」と秋田の酒を飲みながら、鳥海山を見下ろしているのではないか。

（2020年2月16日）

詐欺被害三百億円！

テレビのニュースを見ていたら、特殊詐欺被害が、「八年連続で三百億円超」と報じられていた。

以前から、被害者の多くは高齢者だと言われているが、官公庁などからお金の請求が来たり、息子や孫を騙《かた》って電話が来たりする。彼らは緊急事態だとしてお金を無心する。「架空請求」と呼ばれる詐欺である。

若い人にしてみれば、「何でだまされるんだよ。わかるだろ」となるだろうが、とにかく手口が巧妙である。まして息子や孫になりすまして「助けて！」と言われたり、官公庁の名で緊急請求されたりすると、それだけでパニックになるのだ。

何年か前、私の事務所にも不審なハガキが届いた。そこには太文字で、

「総合消費料金未納分訴訟最終通知書」

と書かれ、差出人は東京霞が関のいかにも所轄官庁らしきところ。さらに、消費者相談窓口の電話番号や受付時間まで書いてある。これだけでも本当めいているのに、文面は「貴方の未納された総合消費料金に対し、契約会社及び運営会社から訴訟申し入れがありました」である。

その後に続く内容は「至急、窓口に連絡するように。それがなき場合、裁判所に出廷となる。裁判を欠席すると、貴方の給与、財産を差し押さえる恐れがある。民事訴訟及び裁判取り下げについては、窓口に問い合わせるように」となっている。

高齢者が信じ込み、窓口と称するところに電話をしても責められまい。ただ、それは相手の思うツボだ。

私と秘書はこのハガキを一目見るなり、架空請求詐欺だとわかった。というのも、消印が官公庁などあるはずもない都内の外れ。その上、最後に次の一文だ。

「尚、個人情報保護の為ご本人様からご連絡頂きますようお願い申し上げます」

いかにもな文章だが、要は「おい、ジイサンバアサンよォ、誰にもしゃベンじゃねーぞ。アンタ本人が電話しろ」ということだ。

また、私の秘書は公認会計事務所と密にやり取りしており、経理業務に明るい。「総合消費料金って何ですか。聞いたこともありません。それにこんなことをハガキで伝えてくるなんてありえません」

当然ながら放っておいたのだが、裁判所からの呼び出しもなければ、差し押さえもなかった。

最近の詐欺手口は、より一層巧妙になっていると報じられている。

たとえば、「アポ電」として詐欺グループが息子などを装い、「トラブルを起こした。助けて」とか電話をかけてくる。パニックになった祖父母らは、問われるままに家にあるお金の額や置き場所などを話してしまう。そして、盗みに入られてすべて持って行かれる。

また、警察官や銀行員を装って、高齢者にキャッシュカードを出させる。それを別のカードとすり替える詐欺も多発と聞く。

「息子や孫の声かどうかわかるだろうよ」と言う人が多いが、大事な彼らの逼迫したSOSに動転し、声を判断できないのだと思う。

とにかく、アポ電らしきものや、息子や孫らしき者からの電話は、「後でかけ直す」と言うことである。その六文字だけを大きく書いた紙を電話機の前に貼っておいてはどうか。

一度電話を切った後、息子や孫に電話を入れて確認すれば、トラブルが本当かもすぐにわかる。官公庁を騙ったハガキでもまずは誰かに相談する。交番でもいい。一人ですぐに処理しようとするのが、一番いけないと私は思う。肉親を愛するあまり、一刻も早くと焦るのはわかる。だが、誰かに相談して一呼吸置くことが、何より大切ではないか。

（2020年3月1日）

わかってるよ

秋田魁新報（二月十九日付）の連載「ひとり考」に、とても意志の強そうな目をした少年の写真があった。

秋田きらり支援学校中学部三年の佐藤大地さんである。赤い編み込みのセーターがよく似合う十五歳。

大地さんは脳性まひなどのため、声を出したり、自力で起き上がったりはできない。周囲の会話には、まばたきや舌を動かすことで反応する。興味がない話題の時は目をつぶっているというから笑える。

二〇一六年に神奈川の「津久井やまゆり園」で空前の障害者殺傷事件が起きた。「障害者は生きていても無駄だ」が犯行動機だと報じられている。おそらく、「何もわからないヤツらは何の役にも立たない」という思いがあったのだろう。

これは大間違いである。重い障害があっても、必ず理解している。大地さんの反応はその証拠。私の中学校時代の同級生、中村晴美《さえみ》さんの長女にも重い障害がある。晴美さんは一九九〇年に、そんな人たちの作業所を立ち上げた。

仙台の太白区にある「わらしべ舎」で、今昔物語の「わらしべ長者」から取った名前である。「無駄で意味がない」とされたものが、次々に価値のあるものに変わっていく物語だ。

ある日、私は「わらしべ舎」を訪ねた。色んな年代の男女が、能力と適性に応じた作業を生き生きと進めている。私が入っていくと、一人の少女が突然作業をやめ、私に近づいてきた。そして、私の腰にしっかりと抱きついた。晴美さんの一人娘、洋子《ひろこ》ちゃんだった。話すことができない娘の行動に、母親が驚いた。

「初対面の人になつくこと、絶対にないのに…」

きっと前日に、「明日はママの古いお友達が来るのよ」と話したのだろう。私を見るなりわかったのだ。私は晴美さんに言った。

「昔、ママがお世話になりましたって、お礼言ってるのよ」

無言で抱きついて離れない娘に、晴美さんの目が潤んでいる気がした。

また、秋田魁新報の「命ここに」(二月二十五日付)には、最重度の知的障害と自閉症の小林将さんのことが出ていた。言葉が話せず、母親の順子さんは意思疎通ができないストレスなどで、一時は声が出なくなった。その後、乳がんを患い、散歩中にも疲れる。

するとそれを見た将さんが手を握り、自分の腕に絡めてくれたという。ちゃんとわかっているのだ。順子さんは「もっと彼と生きたい」と思ったという。

大地さんのご両親は、バギーに乗せて、息子をどんどん外に連れ出す。彼をみんなに見てほしいと言う。晴美さんも、娘や作業所の仲間を、どんどん社会の人たちと接触させる。

中には奇異な目で見たり、そばに近寄らない人たちもいるだろう。障害のある子供を育てる生活は、綺麗事《きれいごと》ではすまない。

当然、「どんどん外に出る」ということは、つらい行動でもあると思う。だが、障害のある人たちと会うことが普通になってくると、教えられる。障害者たちが限りある方法で意見を伝え、現状を受け入れて生きようとする強さを。そして、そこからにじむ愛らしさ、優しさは人間が本来持っている資質なのだと。

それはふと、「自分はこんなにマジに生きてっかなア」という自問になることもありうる。とは言え、それが「共生社会」まで行き着くのは、簡単なことではあるまい。

だが、やまゆり園の事件後、肉親以外の人たちがあれほど嘆き、悲しんだ。障害者に教わったことの多さの証ではないか。私たちがそれに気づくことが、共生社会への第一歩だと思う。

（2020年3月15日）

一寸先は闇も光も

新型コロナウイルスの感染拡大は、想像を遥《はる》かに超えてきた。

東京はどこもかしこもゴーストタウンである。小池百合子都知事が外出自粛要請を出した前日、私は外せない所用があり、都心の大きなホテルに行った。ドア口ですぐに手指をアルコール消毒され、ロビーに入る。ガラガラである。

私もそうだが、外出する誰もが、すぐに用事を終わらせ、帰ろうとするのだと思う。ホテルのアーケードをブラブラしたり、帰りにどこかで飲んだり食べたりはありえないのだ。

自粛要請の初日、東京は雪で、人はますます外に出ない。テレビで見る渋谷も新宿も、銀座も浅草も人影はまばらである。

秋田は感染者が少ないが、東京はその後も増え続け、危機意識の薄い若い人も、外出を控えつつある。周囲でもテレワークの人たちが非常に多い。

私は都心に住んでおり、周囲には高層のオフィスビルが林立している。だが、昼はブラインドを下ろし、夜は電気がついていない窓が目立つ。たぶん、テレワークなどで出勤しない人が増えているのだろう。

こんなことが日本に起きるとは、またこんなにも重大な状況になるとは、誰が考えただろう。まして、東京オリンピック・パラリンピックが延期されることを、コロナ禍以前に考えた人がいただろうか。

作家の五木寛之さんが、コロナウイルスの蔓延《まんえん》について、「週刊新潮」（四月二日号）に書かれている。その中に次の一文があった。

〈世の中は、いつ何が起こるかわからないものだ〉

と、いう当り前のことを忘れていたような気がするのは私だけだろうか。

将来の計画や予定などというものが、どれほど不確実であやういものであるかが露呈したのだ。

怖いほど納得できる。

もう二十五年ほど前になろうか。作家の上坂冬子さんが私におっしゃった。

「内館さんね、先々を考えちゃダメよ。人生には、いつ何があるかわからないの。先々なんてまったくアテにならない。その日のために幾つも手を打つ気力を、『今現在』に注ぎこみなさい」

一言一句定かではないが、この言葉は重かった。私はまだ四十代前半で、先々に光ばかりを感じていたが、「そうか、朝起きたら懸命に生きて、夜になったら寝ることだ」と肝に銘じた。

それから十五年近く、私は仕事にも健康にも、人にも恵まれて過ごしてきた。肝に銘じていたはずなのに、予測もしない何かが、私の身に起こるとは考えもしなかった。が、一寸先は闇だった。

何度か書いているが、二〇〇八年暮れ、旅先の盛岡市で突然倒れた。救急車で岩手医大附属病院に搬送され、十三時間近くに及ぶ緊急大手術。心臓と動脈の急性疾患で、計四カ月の入院である。意識不明は二週間にわたった。死と隣り合わせの病状でICUから出られない。なのに、奇蹟《きせき》的に生還した。一寸先には光があったのだ。

この実体験で、私は人間には思いもしないことが起きるのだと、身にしみた。病床で「上坂さんの言葉は本当だった。現在に力を注ごう」と再度思った。

この言葉の意味するところは、決して「今がよけりゃそれでいい」という意味ではあるまい。今現在の生き方が、一寸先の光を手繰り寄せるのだと、私は解釈している。

地球を覆うコロナを征服するために、世界中で今現在、ワクチンや薬の開発に必死だと聞く。必ず光は手繰り寄せられる。

（2020年4月5日）

今は家にいよう

ある夜、メディアの最先端で仕事をしている女友達から、電話があった。

その声は怒りを通り越して、もはや呆《あき》れている様子である。

「一緒に仕事をしていた女性がね、『コロナ疎開』したのよ。それも重要な管理職よ。会社でも、可能な限りの在宅勤務が言われたんだけど、彼女、『どこでも仕事できますから、東京を脱出します』ってケロリよ」

東京に緊急事態宣言が出される前から、どうも計画していたらしいと言う。疎開先の住所や電話などをみんなに伝えると、部下を置いてサッサと東京から逃げたそうだ。

「それを知った男子社員の一人も、『家族が感染するといけないので、一家で嫁の実家で暮らします。用件は全部そっちにリモートで』だと」

実は私の周囲にも、何人か東京を脱出した人たち、家族がいる。いくらダメだと言っても行ってしまう。

「東京からあなたが行くことで、その地方の感染を拡大させるかもしれないのよ。そうなると、ずっと終息しないこともありうるでしょ」

だが、こんなことは「みんなそう言う」と一笑に付し、疎開してしまう。

前述したメディアで働く彼女はしみじみと言った。

「こういう時に、その人の本性が出るよね。自分と家族さえよければいいの」

「東京では無症状でも、疎開先で発症することもあるわけよね。そういう人に限って、東京の医療の方が充実してるとか、地方はダメだとか大騒ぎして、また戻って来る」

「そ。これほど外出自粛、疎開自粛が叫ばれてるのに、よりによってメディアの人間が、それも管理職が平気でそれをやることがショックでね」

私はテレビで知ったのだが、「疎開」ではなく「遠征」する人たちが多いことにも驚いた。

たとえば「酒の提供は午後七時まで」と決められた東京から、決められていない埼玉の居酒屋に遠征する。店主は「土、日は満席です」と、ちょっと自慢げだった。

そして、同じく宣言が出た千葉では、スポーツジムが休業を余儀なくされた。だが、何としても筋力を維持したい人は、茨城のジムまで遠征。茨城は開いているのだ。

また、東京都心は自粛で閑散としているが、少し外れた武蔵野あたりの商店街は人でごった返し。店主の一人は呆れて言う。

「お祭りか？っていう人出ですよ。ビール片手に手をつないで歩くカップルもいるんですから」

こんな呆れ返ることばかりだが、ふと気づいた。

「人間の生活を豊かにする行動」の多くは「不要不急」だったということにだ。

おいしい店に行って食べることも、会社帰りに同僚たちと飲むことも、美術館や劇場に行くこともだ。女性たちが街をブラブラと歩き、買う予定がなくても品定めしたりもである。カラオケで仲間たちと絶唱するのも、ジムで汗を流すのも、コンサートやイベントに行くのもそうである。旅もドライブも映画も、他にいくらでもある。

これら「不要不急」の行動が、どれほど人を元気づけ、弾ませ、明日への活力になっていたか。その多くに自粛要請が出ると、「あれは生きる上で必要なことだったなァ」と気づく。

であればこそ、今が一体となって自粛し、冷静に行動すべき時なのだ。でないと、いつまでもこの暮らしが続くかもしれない。

来年になっても再来年になっても今の暮らしが続くなら、何のための人生か。

（2020年4月19日）

野良猫と暮らして

「ねこ新聞」という月刊紙がある。猫のことしか報じていない新聞で、創刊二十五周年にもなるという。

その四月号に、身も凍るような話が出ていた。神奈川県の芹田希和子さんの投稿である。

二〇〇三年に芹田さんが阪神高速道路を走っていると、前を行く車から何か黒いものが投げ捨てられた。次の瞬間、芹田さんは目を疑ったという。

黒いものは、小さな黒い猫だったのである。放り投げられて、高速道路を横切って走って行く。当然、車はビュンビュンと通る。芹田さんは路肩に車を停《と》め、その小猫を抱き上げた。額と口から血がにじみ、目は恐怖に見開かれ、震えていた。すぐに獣医に診てもらうと、歯まで折れており、怯《おび》えきっていたそうだ。

以来十六年、この黒猫は芹田さんに育てられている。今でも怖がりで、彼女にしかなつかないという。

私はかつて、猫も犬も鳥もまったくダメで、近くに寄ることもできなかった。猫がいる道は絶対に歩かない。リードをつけて飼い主と散歩する犬を見てさえ、すぐに道を変えていた。

ところが十八年ほど昔、自宅のテラスに猫が来た。普段の私なら「ギャー」と叫んで窓を閉めただろう。

だが、その猫は骨が浮いているほど痩せており、小さな体に枯れ葉やゴミや、ナメクジのようなものまでつけていた。宮沢賢治の「猫の事務所」に出てくる竈猫《かまねこ》そのものである。竈猫はカマドの中で寝ているため、体中に煤《すす》がついて汚ならしい。他の猫にバカにされ、仲間外れだった。

うちに来た猫も汚れている上に、顔も地味で愛嬌《あいきょう》ゼロ。だが、生きねばと思っているのだろう。テラスにたまった雨水を、ピチャピチャとなめていた。

その時、私は何を思ったか煮干しを小さく裂いて叩《たた》いて、窓辺に置いたのである。竈猫は警戒しながら、そっとやって来てガツガツと食べた。そして、次の日から毎日来るようになった。両手両脚をきちんとそろえ、窓の下に座って待つ。

私はこの子を飼おうと思った。幼稚園の頃から「ギャー」だった私がだ。

獣医は「一歳くらいか」と言う。生まれて一年は野良だったせいか、絶対に室内に入ろうとしない。

そこで、テラスの一角にプラスチック製の小屋を置いた。名前は「カミラ」とつけた。畏れ多くも英国のチャールズ皇太子夫人の名だ。彼女も地味で愛嬌のないタイプだが、あんなにも皇太子に愛されている。うちの竈猫も地味だが、私に愛されている。いい名だと思った。

そこでプラスチックの小屋に「バッキンガム宮殿」と表札をつけ、屋根にも日本と英国の国旗を立てた。やがて私は、触ることも抱っこもオンブも平気になり、犬や鳥への態度も一変した。今では大好きだ。

カミラと暮らして、何よりも強烈に思わされたことは弱い者を絶対に虐げてはならないということだった。猫も犬も鳥も、そして人間の乳幼児も、言葉は話せないし、一人では何もできない。だが、懸命に生きようとする。私が中学生の頃、家庭科の教師が、

「生まれたばかりの赤ん坊は、誰にも教わっていないのにオッパイの吸い方がわかるんですよ」

と言っていたことが、今も印象に残っている。

非力で言葉も持たない動物にも乳幼児にも、「生きる」という思いは本能として備わっているのだろう。

芹田さんは当初、高速道路に捨てるような人は、生涯呪われて酷《ひど》い目に遭え！と思ったそうだ。私は非力な者を虐待する人間は、必ずそうなると思う。

カミラは十四年五月、推定十三歳で天国に帰った。


（2020年5月3日）

病める舞姫

五月のある日、三月に秋田市で開かれた講演会のチラシを目にした。
「土方巽を取り巻く文学者たち　三島由紀夫編
嘉藤晋作講演会」

と書かれていたのだから驚いた。嘉藤晋作は私の叔父である。若い頃から三島に傾倒し、学び、多くのコレクションを持つことは知っていたが、土方巽にまで詳しかったのか。すぐに秋田に住む叔父に電話をかけると、言う。

「いや、全然詳しくないよ。ただ、三島も非常に評価していたし、身体表現者として重なるところを感じて、少し学んだ」

土方はご存じの通り、秋田が生んだ世界的な暗黒舞踏家である。その前衛的舞踏は世界を熱狂させた。三島のみならず澁澤龍彦、滝口修造ら名だたる文学者が引き寄せられていった。

私も土方には関心があり、本などを手にしていたものの、難解で難解で、とても理解できるものではない。だが、妙に魅力的な文章で、理解できないながらもなぜか惹《ひ》かれる。私が暗黒舞踏を見始めたのは、土方の弟子の麿赤兒《まろあかじ》率いる大駱駝艦《だいらくだかん》や山海塾の世代。土方本人は見たことがない。なのに写真集を眺めていると、文章が立ち上がってくる。

著作「病める舞姫」は、土方の代表作とされる。研究者は、その文章を「言葉の舞踏」と称する。難解ながら、私が体感したのも、それだったのかもしれない。

「私の姫君は煤けていて、足に綿を巻いていたが、ときおり、額で辺りを窺うような恰好で手には包丁を持っている。ところが、それもつかの間で、ふにゃふにゃとした笑いのみを残して、眠りにおちていった。」

この一節は、NPO土方巽記念秋田舞踏会「病める舞姫研究会」の、「読みとき『病める舞姫』―土方巽の秋田」から引用した。同書には丁寧な解説がある。それを読んでやっと、いや、読んでもわからなかったりもする。なのに魅力を感じる。

「なんの音だろうと走り出ていくと、いかにも情がこもっているみたいな響きをたてて、棒が転がっていた。その棒をからかっているような笑い声は、もう消えてなかった。」

同NPOでは「『病める舞姫』東北歌舞伎計画秋田公演」とする写真集を出しており、踊っているのは土方の流れをくむ舞踏家たちだ。谷口雅彦の写真が圧巻で、「言葉の舞踏」を浮き上がらせている。

土方は秋田市の一乗院という寺の近くで生まれた。多くの文献などが、希代の舞踏家をつくったのは秋田の風土だと書く。そして、故郷秋田への想《おも》いが、土方から消えることはなかったとある。彼のパートナーの元藤燁子《あきこ》には、しばしば秋田のことを問わず語りに話していたという（同書）。

土方はやがて「生＝性の激しい表現から、病＝死をモチーフとする静かな作品」に大転換。それを「東北歌舞伎」と名付けたことについて、同書は書く。

「土方は秋田の風土を語り暮らしを語り、季節を語り人を語り、そこに『舞踏』があるのだと嘯《うそぶ》いたのです」（原文はルビなし）

私は二〇一九年七月二十九日付の秋田魁新報、磨赤兒の寄稿が印象的で、切り抜いてある。弟子であった彼は、土方が日本の農夫の営みの身体を、徹底して観察したと書いている。

「つまり、土方は秋田の百姓の立ち姿に徹底的にこだわることによって、世界に通用する普遍性を獲得しようとしたのだ」

私は昔、何かで「土方は秋田工高のラグビー部員だった」と読んだ記憶がある。烈日と暗黒。普通は相容《い》れないこの二つは、土方の中では同化するものだったのかもしれない。

（2020年5月17日）

ご当地マスク

新型コロナウイルス感染者、死亡者が少ない日本を、諸外国が「奇跡だ」と称賛しているると報道された。特に欧米に比べると、確かに奇跡的に少なく、WHOも日本の成功を讃《たた》えている。

その理由は数々報じられているが、中でも「マスク」に対する日本人の感覚が興味深い。欧米にはマスクの生活習慣がなく、人々は感染がひどくなって致し方なく着け始めたという。なのに、日本では老若男女が早くから着けたのだから、諸外国は驚いただろう。

だが、日本人はコロナと関係なく、ホコリの立つ場所ではマスク、花粉症でも風邪でもマスク。給食当番も着けるし、満員電車など人混みでも着ける。

この生活習慣が飛沫《ひまつ》からガードし、感染予防に一役買ったのだろう。

面白い指摘だと思ったのは、専門家がテレビで語っていたことだ。相手の表情を読み取る時、顔のどこを見るか。欧米人と日本人とでは違うそうだ。

欧米人は、相手の口元で判断する。喜怒哀楽や心理は口元がモノを言うと考える。一方、日本人は目で判断するという。そのため、欧米人は口を覆うマスクはしたがらない。日本人は目に心が出るとするため、マスクは何の問題もない。

この違いは、人を表す絵文字にも出ているという。欧米の絵文字は、口が笑っていたり、ゆがんでいたりだ。日本人の絵文字は目がつり上がっていたり、困っていたりである。

私がいいなァと思わされたのは、「こうなったらマスクも楽しんじゃえ!」とする日本人の感覚である。かつては白だけだったのに、今は花柄からチェックまで多種多様だ。多くの色の無地や、地模様の浮く生地だったり。和の手拭いで桜や豆絞りもある。夏用のメッシュやレース地のものも売られ、手作りも盛んだ。

そんな中、読売新聞で「ご当地マスク」の大きな記事があった(五月十八日付)。各地の知事や市長がマスクを広告塔にして、その地をアピールしようというのである。

岩手の達増《たっそ》拓也知事は、一関市の老舗「京屋染物店」の布マスク。魔よけの意味がある麻の葉柄だ。宮城の村井嘉浩知事は、観光キャラクターのむすび丸をワンポイントで配置。沖縄の玉城デニー知事は、紅型《びんがた》や八重山ミンサーの生地を使い、夫人の手作り。

市長では河村たかし名古屋市長が伝統工芸の有松・鳴海紋マスク。また、デニム生産で有名な岡山の総社市。片岡聡一市長は総社デニム製である。そして、徳島は藍染めの産地として名高い。飯泉嘉門知事も、内藤佐和子徳島市長も、藍染めマスクを愛用している。

これらは従来のマスクへのイメージを覆すものだ。

が、こんな程度で驚いてはいけない。秋田県男鹿市の菅原広二市長のマスクは、何とナマハゲがドカーンとドマンナカ。

私は秋田魁新報（五月二十四日付）で見て、びっくりした。秋田市の「シンクトワイス」が、自社製の除菌水を男鹿の小中学校に寄贈。同社の工藤未来子代表から手渡されている写真が出ていたのだが、菅原市長のナマハゲマスクはド迫力だ。

鼻から顎《あご》まで全面を使って、真っ赤なナマハゲが雄哮《おたけ》びを上げている。真っ黒な髪を振り乱し、目をつり上げ、これでは恐ろしくてコロナも寄って来られない。男鹿でしか作り得ない無形遺産のマスク、痛快である。

読売の記事を読むと、多くの地方で伝統工芸などを生かし、ご当地マスクを作っているようだ。コロナ禍が収束しても、マスクがファッションとして、広告塔として生きるなら楽しい。

（2020年6月7日）

日本語を使うべし

「東京アラート」という言葉が発表された時、友人は幾人もの高齢者に「アラートってどういう意味？」と聞かれたそうだ。

私も聞かれた。それが高齢者ばかりではなく、中高生までが「アラームの一種なの？」と聞く。加えて、先頃に発表された「ウィズコロナ」には呆《あき》れて笑った。いくら横文字好きの小池百合子東京都知事でも、恥ずかしげもなくよくぞこんな呼び名をつけたものである。

「緊急事態」においては、母国語を使うのが当然だろう。これは都や県などだけではなく、国の統一見解とすべきことだ。

台風や地震や疫病や、緊急の警報は、目や耳にしただけで意味が取れないと用をなさない。命の危険が迫っている時に、あるいは家族の命を守らねばならぬ時に、なぜ初めて聞くような横文字を使うのか。長として上に立つ資質が欠如していると思う。

「クラスター」（感染者集団）、「オーバーシュート」（爆発的な患者急増）、「ロックダウン」（都市封鎖）等々、今回のコロナ禍で初めて聞いた人も多いだろう。

「ソーシャル・ディスタンス」もだ。「ステイホーム」「セーブライフ」もわからない人がいても不思議はない。私は「ロードマップ」をなぜ「行程表」としないのかと思う。

もしも、国や行政の長が

「××病院でクラスターが発生しました。オーバーシュートの危険性があり、最悪の場合、ロックダウンもあり得ます。皆様はステイホームを守って下さい。それがセーブライフにつながります。示されたロードマップに従って下さい」

と言った時、言葉の意味を万人がわかると思っているのか。万人にわからなければ、事態の深刻さも身に迫らない。「セーブライフ」につながらない。

最近、「ソーシャル・ディスタンス」と言わず、「社会的距離」と母国語で言うメディアや人々も目につく。先日はテレビの街頭インタビューで、若い男性が、「居酒屋でもラーメン屋でも、決められたように客は距離取って座ってます」と答えていた。このように、「ソーシャル・ディスタンス」を自分の言葉に訳して言う方が、ずっとわかる。

おそらく、おそらくだが横文字を使いたがる一因として、うまい「キャッチフレーズ」をつけて、注目されたいという狙いもあるのではないか。

「ソーシャル・ディスタンス」を「社会的距離」としても、確かにわかりにくい。「社会的」の意味が取りにくい。それはあまりに広範囲な言葉であり、「距離」と結びつかない。ならば「ソーシャル・ディスタンス」の方が耳に新しく、わけのわからないところが新鮮で、名付けた自分が注目されると、狙いはしなかったか。「ロックダウン」にしても「オーバーシュート」にしても、どこか怖そうで、人心をつかむと思ったのではないか。

政治家にとって「キャッチフレーズがうまい」はほめ言葉だろう。うまくいけば人の心をつかみ、本人の名前までが一気に広がる。過去には、それを生かしたタイトルで本まで出した女性政治家さえいる。

ただ、平時におけるなら、その考え方でもいい。だが、非常時には言葉を聞いただけで、文字を見ただけで、意味がわかるものがいいのは当然である。

「東京アラート」も「クラスター」も「ロードマップ」も響きがよく、口当たりがいい。「ステイホーム、セーブライフ」の語呂のよさも、日本語では出しにくいだろう。

だが、非常時の言葉は口当たりではない。「東京警報」の方が怖いが、ずっと状況を伝えられる。

（2020年6月21日）

無人島で暮らすなら

先日、ある取材を受けたら、最後に質問された。

「無人島に一人で暮らす時、たったひとつなら何を持って行きますか？」

昔からよくある質問で、今時まだこんなことを聞くのかと、少し驚いた。

私はたぶん「国語辞典」か「大相撲大事典」を持って行く。

これらは小さな字で、びっしり書かれており、そう簡単には読み終わらない。要は退屈しない何かを持って行くことが、「無人島に我《われ》一人」という状況を救ってくれると思うからだ。

女友達に聞いてみると、

「電気も通ってないわけだし、やっぱり本よね。読むのに時間がかかるという意味ではあなたと同じだけど、私は聖書だな」

彼女はキリスト教徒ではないが、聖書の通読に何度も挑戦し、毎回の撃沈。無人島でなら読めるだろうと言う。

また男友達は即答した。

「釣り道具。来る日も来る日も釣り三昧。魚は自分でさばいて料理する」

「包丁はないでしょ」

「石で自分で作る。石器時代の暮らし、いいよなァ」

コンピューターの仕事なので、疲れているのだろう。

少し前だが、とても面白い記事を読んだ（二〇一七年一月二十一日付読売新聞）。

将棋の加藤一二三・九段が同じ質問をされて、

「羽生さん」

と答えたというのだ。

羽生善治棋士が王位・王座・棋聖の三冠時代だ。十五歳の中学生でプロ入りし、その後、永世七冠を達成。さらに国民栄誉賞を受賞。現在九段の現役だ。

無人島に「羽生さん」を連れて行くという答えは強烈だった。たいていは何か「モノ」を考えるわけで、人を連れて行くという発想には驚いた。

「ひふみん」の愛称で親しまれている加藤九段は、やはり中学生でプロ入りしている。中学生のプロは五人しか出ていない。

無人島に羽生さんを連れて行き、毎日対局していれば、どんなに刺激的で面白いだろう。退屈など思いもよるまい。

そして、畑を作って植えた野菜や、釣った魚で、二人してご飯を作る。星が出る頃には今日の一局を思い出しながら眠る。

羽生さんが喜んでついて行くかどうかはともかく、いい暮らしではないか。

一方、このところメディアで盛んに取り上げられたのは、小学校の給食風景だ。食事中のおしゃべりはダメだと教えられている。しゃべったり笑ったりすると、コロナウイルスが飛ぶからだ。また、隣席との間にガッチリと衝立《ついたて》が組まれた小学校もあった。それは、ちょうど選挙の投票台のようである。

まだあどけない小学生の男児や女児が、静まり返った教室で食べていた。また「投票台」の中で、一人一人が下を向き、黙って食べている。テレビカメラが近寄るとニッコリする。

大人たちが飲食店で距離を取って座り、透明のビニールカーテン越しに会う姿より、小学生はあどけない分、もっと切ない。

これは感染を防ぐためには致し方ない措置であり、どうにもしようがない。

だが、ふと「無人島に何を持って行くか」の問いを思い出した。他人と共にいるのに「投票台」の暮らしの方が、無人島に一人より淋《さび》しい気がしたのだ。

すると、別の友達が言った。

「俺は睡眠薬の大瓶を持って行って、全部飲む。人がいないとこで生きててもしょうがないもんな」

そうか。他人と共に生きてさえいれば、きっと活路を開く気力も湧く。彼の、

「独《ひと》りきりの方がずっと淋しいよ」

という言葉に納得する。

（2020年7月5日）

猛暑にこの飲み物

今年の夏は猛暑だという。私は病気をした後も、元気にそれを乗り越えてきた。スイカジュースのおかげだと思う。

二十年近く前になるが、写真家の故・菅洋志さんやスタッフと延べ五年をかけて、中国とシルクロードを取材した。

西安を歩き回ったのは、強烈な太陽が照りつける真夏だった。舗装されていない道に埃《ほこり》が舞い上がり、ギッシリと露店が立ち並ぶ。

この暑さ、この埃の中を買い物客がひしめく。連れてきた子供たちは買い物に飽きたのか騒ぎ立てる。親たちは放ったらかしで、店主と大声でやりとりする。さらにだ。

この騒々しい狭い道の間を縫って、リヤカーが行き交う。スイカや野菜を山のように積んだ行商人が、声を張り上げて売り歩く。

日本ではめったに経験できない狂騒と、強烈な太陽に疲れ切っていた時、菅さんが言った。

「よし、この店でスイカジュース飲もう！」

スタッフも私もスイカジュースは飲んだことがなかったが、菅さんは年の半分を東南アジアで暮らしているような人だ。きっとおいしいのだろう。

とはいえ、「店」とは言っても地べたに椅子を並べただけ。スイカも行商から買って外に積んである物に違いない。直射日光を受けたそれを、地べたの一角でミキサーにかけるのか。そしてバケツの水で洗ったコップに入れるのだろうか。

だが、私たちは疲労困憊《こんぱい》し、ノドはカラカラ。何でもいいから飲みたい。

やがて無愛想な女主人が、スイカジュースを運んできた。肉厚なガラスのコップのてっぺんまで、赤いジュースがダブダブと入っている。まったく冷えておらず、炎天下のスイカだ。

ところが、一口飲んでびっくりした。おいしい！　生ぬるい上に、衛生的とは思えないが、何というおいしさ。おそらく、果肉の白いところまで使っているのだろう。

その青くささがスイカ本来の味を醸す。果肉が残っているようなトロリとしたジュースは私たちを生き返らせた。

旅先でおいしいと思ったものを、帰宅後に食べるとがっかりすることがよくある。スイカジュースにしても、あの喧噪《けんそう》、あの猛暑の中であればこそだろう。

だが、東京に帰って作ってみるとおいしい！ クーラーの効いた部屋で、一人で飲んでもおいしい。根拠はないのだが、なぜか元気になる。以来、夏になると私は毎日作る。猛暑の外出時にも必ず飲む。

作り方は簡単で、果肉（好みで白いところも）を小さく切り、ミキサー（あるいはフードプロセッサー）にかけるだけである。

スイカは水分が多いので水は入れない。中国ではコップの底に種が沈んでいたし、面倒なので私もそのままである。それに以前、種にも栄養があると聞いた。

それを百円ショップのごついコップに、てっぺんまでダブダブに入れる。ただ来客に出す時は、おしゃれに作る。種は外し、いいグラスに八分目ほど注ぐ。そして、レモンとかミントを飾る。スイカやメロンなどを丸くくりぬいて、入れたりもする。グラスの底に沈み、きれいで高級感がある。

来客や友人たちの多くはスイカジュースを初めて飲んだと驚き、

「おいしい。今度、家でもやってみる」

と言う。

冷蔵庫にスイカを入れるスペースがない時こそ、お勧め。生ぬるいジュースをごついコップにダブダブ。冷たくするより体に広がり、元気が出る。

いいスイカではもったいないが、安いワケありを見つけたら、ぜひお試しを。

（2020年7月19日）

かならさん

「かならさん」、人名ではない。私が以前から不快に思っている言葉使いだ。

このところ、新型コロナウイルス感染の問題で、テレビでは非常に多くの方々が質問に答えたり、感想を述べたりしている。私は二〇一三年に「カネを積まれても使いたくない日本語」（朝日新書）という本を出したが、その頃から「かならさん」は増え続けていた。そして今や、当たり前の言葉になったように思う。

たとえば、やみくもに「かな」をつけるのは、どう考えてもおかしい。

「高齢の両親がいるので手洗い、マスクは守ろうかなと思います」

「コロナにかかった友達が全快して、嬉《うれ》しいかなと思います」

ここになぜ「かな」がいるのだ、「かな」が。おそらく断言したくなくて、「かな」で和らげているのだと思う。しかし、言っていることは正当なのである。「かな」でぼやかす必要はまったくない。

この使い方はコロナ禍がらみに限らない。

「家族の健康がありがたいかなと思いました」

「優勝できてよかったかなと思います」

「優勝できてよかった」と断言すると、きつく聞こえたり、生意気だと思われたりと危惧するのか。「健康のありがたさ」を断言すると、「他にも大事なものはある」と反論されそうで、ガードしているのか。

テレビのコメントを注意して聞いていると、有名無名に限らず、不要な「かな」の乱用に驚くと思う。

「ら」は「ら抜き」である。これはもう完全に市民権を得てしまったと言っていい。

たとえば、

「外出自粛で家にいたのに、コロナが陽性で信じれませんでした。でも食べれて寝れて、味覚も感じれた。とにかく生きれてよかったです」

というコメント。テレビのテロップや新聞記事は、必ず「ら」を入れて「られ」と報じている。すでに一般語になった「ら抜き」であるのに、頑として「ら」を入れて報じるのは「認めていませんよ」という姿勢だろう。

今でも覚えている二件がある。大きな大会に出場が決まったスポーツ選手が、

「まさか、僕が出れれるとは」

と言った。「ら抜き」は「出ることができる」という可能の表現が、咄嗟《とっさ》に出にくいのだと思う。「出れる」では、日常使いの「ら抜き」であり、可能表現が足りないと思い、こうなったのではないか。

また、某女子選手は、

「結果を残していけられるように」

と不気味な使い方をしている。普段から「ら」を入れていれば、「僕が出られる」とか「残していけるように」とか自然にきれいに話せたのにだ。

もっとも、常に「ら抜き」の某女性政治家も「答えを出せれるように」と挨拶《あいさつ》していた。母国語に鈍感な政治家を、私は信じれない。

また、何にでも「さん」や「様」をつけるのも、すっかり一般的になってしまった。たとえば地図をもらうと、目標になる店などが書いてある。「××美容院様」「〇〇センター様」だ。「△△小学校様」は幾ら何でもねえ…。

同業者が「魁さん」とか「読売さん」と言うのはわかる。だが、今では「年配さん」「メーカーさん」と一般人が言うし、私も「作家さん」と呼ばれるようになった。「国交省様」「利用者様」「会員様」など「様ランク」もある。

困ったことに「さん」や「様」をつけるのが当たり前になると、つけない人は無礼に思われがちだ。

会話をできるだけ婉曲《えんきょく》にぼやかし、断言せず、失礼なきよう過剰に反応する。何だか情けなくないか？

（2020年8月2日）

語り伝えるには

八月十五日、終戦から七十五年目を迎えた。

この歳月を思うと、現在、国民の八割が戦後生まれということもうなずける。

八月になると、戦争の悲惨さを「語り伝えなければならない」という声が非常に多く出る。それは絶対に必要なことである。戦争を知らない八割の心に刻み込むことは、平和維持のためにも必要不可欠だ。

だが、昭和末期や平成生まれの若い人にしてみれば

「語り伝えるとか言われても、どーしていいかわかンないってかァ。うちら経験してないしィ、どーすりゃいいの的なァ」

という気持もあろう。

そして、私は若い彼らに感じる時がある。彼らが口には出さなくてもだ。

「戦争の話とかって苦手なんスよ。暗いじゃないですかァ。可哀想《かわいそう》だし、苦労した

んだなァ的なのって、元気とかも出ないからスルーしたいかなみたいな」

これらの思いは、彼らが戦争の悲惨さを、何となくであれわかっていて、だが、自分にどうしろというのだと、私にはそう思える。

以前にも書いたが、もう十五年ほど前のことだ。私は女友達と二人で沖縄の「ひめゆりの塔」を訪ね、「平和祈念資料館」に入った。

そこには、学徒隊として従軍し、米軍の激しい爆撃によって死亡した少女たちの遺品や資料が展示されている。昭和二十年六月当時、多くが十代だった。

亡くなった彼女たちの写真も並んでいる。まだあどけなさが残り、初々しい。

すると、若い男性教師に引率されて、女子高生の一団が入ってきた。亡くなった少女たちの写真を見ていた一人が、大声で叫んだ。

「みんな顔デケェ！」

他の子たちも笑い声を上げて同調。男性教師はたしなめるどころか、ヘラヘラ笑っている。

学校は、若い教師と生徒にどんな教育をしているのだろう。

だが、今になると、ふと思うのである。彼女たちは「顔デケェ！」とでも叫ばないと、あの空間でどうしていいかわからなかったのではないか。同年代の少女たちが懸命に働き、酷《むご》い死に方をした。それを目の前に突き付けられた時、「顔デケェ!」と笑いを取り、笑いを共有することが、自分を保つ咄嗟《とっさ》の方法だったのかもしれない。

男性教師が状況を語り伝えるべきだったが、彼にはその能力も知識もなかった。

語り伝えるためには、資料や遺品、写真などを目で見ることが第一歩だと考える。おそらく、あの女子高生たちの心にも残ったはずだ。中には「子供には刺激が強すぎる」と言う親もあろう。だが、戦争を知らない親が子供の様子を見ながら教えることこそ「語り伝える」というひとつだろう。

「ひめゆり平和祈念資料館」はもとより、「広島平和記念資料館」、「長崎原爆資料館」、秋田の「土崎みなと歴史伝承館」、靖国神社の「遊就館」等々、現実に目で見られる場所は、全国に数多くある。これはイデオロギーの問題ではない。戦争によって世界中の人々が、どれほど無為な悲しい死を遂げたか。その上に、現在の自分たちの平和が成り立っている。それに気づかせることだ。

かつて、私はテレビドラマの取材のために、スタッフと特攻隊機「桜花」を見に行った。これにはエンジンがない。母機に吊《つ》るされて目標地点で切り離す。自力で飛行できないので、敵艦に体当たりするしかない。乗員は果てる。特攻服も展示されていたが、その小ささに声を失った。

スタッフはヤンチャ系だったが、帰路、一言も発しなかった。私もだ。目で見せることは、語り伝えるための具体策のひとつではないか。

（2020年8月16日）

秋田なのに、秋田だから

安倍晋三総理が辞任を表明し、「ポスト安倍」として、三人の有力候補が正式に出馬を宣言した。岸田文雄、石破茂、菅義偉の三氏である。

メディアの報道も日に日にヒートアップしている中、民放のテレビ番組が、三人それぞれの経歴や人生を紹介していた。

ご存じの通り、菅さんは秋田県湯沢市のご出身で、次のように紹介された。

「好物は甘い物。特に大福がお好きで、酒は一滴も飲めないそうです」

するとその番組の司会者だかゲストだかが、思わず
「えー!? 秋田なのに」

と言った。日本屈指の酒どころ秋田出身なのに、飲めないのかと驚いたのだ。

それを聞いて、面白いなァと思った。もしも菅さんが大酒豪なら言われる。

「秋田だから」

この「なのに」と「だから」は、秋田の個性やセールスポイントが、全国に知れ渡っていることを示す。

米もだ。もしも、秋田出身者が言ったとする。

「パンが一番好き。お米はあまり食べないわ」

それを聞いた人は、「秋田なのに」と言うだろう。私のようにご飯をおかずにしてご飯が食べられるような米好きは、「秋田だから」と何度も言われた。

さらに秋田には「美人」という個性が全国的に知れている。美人産出県は全国にあり、実際、肌の状態などを調査されると、秋田はトップではなかったりする。それでも「秋田美人」という言葉は動かない。調査でトップクラスに並んだ地方が、「〇〇美人」としても定着しない。

そのため、きれいな人は「秋田だから」と言われ、きれいからかけ離れている人は、

陰で「秋田なのに」と囁《ささや》かれるのだ。

私は、その地方を一言で表記できる「冠」を持っていることは幸せだと思う。冠が欲しくても、ない地方は少なくない。

仙台は「杜《もり》の都」と言われる。だが、豊かな緑が美しい地方は、全国に数多い。なのに「杜の都」という冠は仙台だけのものだ。「秋田美人」と同様に、他地方で使っても定着するまい。

私は仙台の東北大の学生だった頃、東京や他府県から遊びに来た人を、よく案内した。その際、定禅寺通りとか八木山とか、「これでもか！」と緑がしたたる場所を選んで回った。

むろん、仙台にも杜とは無縁のところもある。そういう場所はスルーし、市の中心部にこれほど深い緑があることを見せつける。すると、友人知人は「仙台だから」「杜の都だから」と必ず言う。

私は「仙台なのに」「杜の都なのに」と、裏切ってはならぬと思うわけだ。

全国的に通用する冠を、ひとつでも欲しいと渇望する地方がある一方、秋田は三つも持っている。

実際、酒どころ、米どころは全国に数多《あまた》ある。最近は思いがけぬ県の米や酒が人気になったりもする。美人にしてもだ。だが、菅さんの好物に対して、思わず「秋田なのに」と反応したことは、紛れもなく秋田の個性であり、力だ。

「これからの秋田は、酒と米と美人に頼っていてはダメだ」という声は当然あろう。実際、秋田には、もっと最先端の技術や産業があると思う。

かつて、東日本大震災からすぐの頃、会議で町をどう復興させていくかという話し合いをした。その時、都市計画の専門家が言った。

「新しい何かを取り入れる前に、まず今あるものをより大きくすべき。それはその地方の持つ潜在能力なんです。これをないがしろにするのはもったいない」

秋田も最先端の開拓と合わせて、三つの潜在能力により力を注ぐことは大切かもしれない。

（2020年9月6日）

老人と大きな人形

数年前、私が病気で入院した時のことだ。秋田に住む友人から、退院祝いの箱が届いた。

開けると、秋田犬のマサルの縫いぐるみが入っていた。真っ黒な優しい目、クルンと巻いたシッポ、どこを見ても可愛《かわい》いの何の。ロシアのフィギュアスケート選手ザギトワさんが愛するマサルだけのことはある。

私は抱っこするわけでもなく、話しかけるわけでもないのだが、以来、定位置のソファにゆったりと座っている。

すると先日、母が言った。

「マサル、いつも一人でかわいそうね。秋田に行ったら子犬の縫いぐるみ、買ってきたら?」

そうだ、そうしようと思っていた矢先、秋田魁新報に秋田内陸縦貫鉄道の駅長帽をかぶったマサルが出ていた。紺色の帽子に赤いラインが入っており、駅長だけがかぶる帽子がまた可愛い。うちにいるマサルはLサイズなので、ちょうど子供のような大きさだ。すぐに同社の「笑ＥＭＩ　Ｓｈｏｐ」に注文した。Ｌサイズのマサルにも愛らしい帽子だけ頼んだ。

私は今までに、老人が大きな人形を抱いている光景を何度か見ている。その中で今もくっきりと覚えているシーンが二件ある。

一件は東海道在来線の中だった。八十代かというお爺《じい》さんが、幼児ほどもある大きさの人形を抱いて、ボックス席に座っていた。人形に窓の外を見せ、嬉《うれ》しそうに指さしたりしている。「ホラ、海が見えるよ」とでも言っているのだろうか。

その後ろ姿は祖父と孫のようにいいものだった。だが、客は誰も隣に座らない。私もである。ボックス席は三人分空いているのにだ。

それから何年か後、私は銀座のパーラーで人を待っていた。何気なく見ると、隣席は七十代か八十代かという老夫婦だった。二人の間に子供用の椅子を置き、女の子の人形を座らせている。四歳児ほどの大きさで、フリルが可愛い服を着ていた。

老夫婦はその子の前でメニューを開き、優しく何か語りかけている。たぶん、

「アイスがいい？　ケーキ？　え？両方？」

「いいよ、ジジも両方にするからな」

などと言っているのかもしれない。

店内の客は驚いたようにチラチラと見ていた。私は隣席なもので、そうそう見るわけにもいかない。だが、あまりに楽しげでなごやかな雰囲気で、顔を向けた。すると、老夫婦と目が合ってしまった。二人はごく自然に私に笑いかけた。私も「可愛いですね」というように笑い返した。

電車の老人にせよ、パーラーの老夫婦にせよ、友人も孫もなく、孤独なのだろう。私はありきたりなことを考えた。

思えば、飼い犬や飼い猫を「家族」と言う人に対し、奇異な目を向ける人はまずない。生き物であり、意思の疎通ができるからだろう。

その後、私は仕事でソニーの犬型ロボット「ａｉｂｏ（アイボ）」に触れ、関係者と話す機会があった。ａｉｂｏは人工知能を搭載しており、人間とかなりの意思疎通ができる。

とはいえ、いわば「家電」だ。だが、溺愛している人は多く、それは決して孤独な老人ばかりではない。彼らは奇異な目を感じても、平気だと言う。大切な家族だからと。

ずっと一緒に暮らすと、ロボットや人形であっても、家族としての情がわくのだと実感させられた。それは犬や猫、もっと言えば子供や孫への思いと違わないのだろう。人の気持は、何と深く不思議なものかと思う。

うちのマサルは親子になって、嬉しそうに見える。ほったらかしの私は、やはり安《あん》堵《ど》している。

（2020年9月20日）

山内惠介さんと秋田

月刊誌「ゆうゆう」で、演歌歌手の山内惠介さんと対談した。

演歌ファンでなくとも、人気、実力共に若手トップクラスの彼を、テレビや雑誌等で一度は見たことがあるのではないか。鼻筋が通り、清潔感のある「イケメン」で、スラリとした長身の姿は王子様のよう。

私は昔からとにかく演歌が好きで、それは今も変わらない。ただ、同年代がプレスリーだ、ビートルズだと熱狂している時代に「三橋美智也はいつ聴いてもしみるよねえ」などと言っていたのだから、変人扱いされた。だが、本当に好きなのである。自分のお金で初めて買ったレコードは、殿さまキングスの「なみだの操」だった。

山内さんも演歌一辺倒で、対談で「常に『変わり者』扱いされてきた」と語っている。それはそうだろう。彼は、私よりさらに演歌を聴かなくなった時代に生きてきたのである。

それでも頑として演歌を歌い続け、紅白歌合戦出場連続五回の今、ファン層は厚く、揺るぎない。

対談の席上、何かの話から突然山内さんが言ったのである。

「僕、秋田が大好きなんですよ。秋田は特別と言ってもいいかもしれませんね……」

驚いた。九州は福岡出身の彼が、どうして秋田が特別に好きなのだ。

「秋田は本当に好きです。酒も食べ物も最高ですし、それに、人がいいです」

そう言われて、色々と突っ込んでみると、本当に秋田が特別に好きという思いが伝わってくる。そこで、私は聞いた。

「好きという話、秋田の新聞に書いていい？」

「あ、『さきがけ』ですか？」

とすぐに言ってニッコリしたのだから、また驚いた。新聞名まで知っているのだから、「秋田大好き」は嘘《うそ》じゃない。

彼は今年でデビュー二十年になる。ずっと分刻みで動くような暮らしを続け、人に囲まれ、気が抜けなかっただろう。その上、人生における「優先順位の上位は歌」と、対談でも明言している。おそらく、歌に関することが、常に頭のどこかにあるのだと思う。

これはあくまでも私の推測だが、そういう暮らしの中で初めて秋田に来た時、その風土と人に安らいだのではないだろうか。

私は芸能人ではないが、芸能界の方々と一緒に仕事をしていると、身にしみてわかる。芸能界がいかに厳しく、芸能人はいかに気を抜けないか。

かつて、巨人軍の長嶋監督（当時）と対談した時、一流選手になることについて語っておられた。

「（努力だけでは）メジャーにならないです。そういうのは並の話ですからね。彼らはみんな、人より優れた、何倍も優れた人たちの集団でしょう。プロというのはそういう特殊な集団ですから」（『毒をひとつまみ』読売新聞社）

芸能界も、そういう人がひしめいている。才能だけでも努力だけでも、人柄だけでも世に出られないし、ずっとメジャーであり続けることは、さらに難しい。芸能界に限らず、どこの世界でも「抜きん出る」のは並大抵なことではない。

そんな中で、山内さんが秋田のうまい酒、魚介、郷土料理、豪快な秋田人に触れた時、ふーっと心のシワが伸びた。生き返った。初めてそれを体感して以来、秋田は彼の中で特別になった。そう思えるのである。

秋田の人たちは、何かつらいことがあっても、そんな風土に暮らしている。心のシワを伸ばせる環境にある。これは本人が考えているより、遥《はる》かに幸せなことである。

（2020年10月4日）

古い道具は働く

二〇一三年五月のこのコラムに、曲げわっぱのマグカップと弁当箱を頂いたことを書いた。

私はそれまで曲げわっぱには何の関心もなかったのだが、使ってみて驚いた。その軽さ、杉柾目《まさめ》の美しさ、そして無駄のない姿のよさと言ったら！　また、陶器やガラスと違い、割れないし欠けない。こうなると、日用品としては多少値が張っても納得できる。

以来、私はお盆から小鉢、菓子皿に至るまで曲げわっぱを愛用しているのだが、困ったことが起きた。

マグカップの飲み口が、ささくれ立ってきたのである。思えば八年近く毎日、コーヒーもお茶類もスープもこれで飲んでいるのだから当然だ。とはいえ、口が当たるところなので、このままにできない。考えた末、私はささくれを紙ヤスリで削ったのである。伝統工芸品に対し、神をも畏《おそ》れぬ仕業である。

だが、うまくいかない。やはり新品を買うしかないかと思っていた矢先、曲げわっぱは修理できると知った。すぐに製造元の大館工芸社に送ったのだが、実は、そうするには少々勇気がいった。

何しろ紙ヤスリの跡がくっきりである。その上、使い込んだカップの内側はチョコレート色だ。二〇一三年の本欄には「アメ色」になってきたと喜んで書いているが、今ではコーヒーを入れようがお湯を入れようが区別がつかない。大館工芸社に呆《あき》れられるかもしれない。だが、私は伝えた。

「外側と飲み口だけ修理していただきたいんです。カップの内部はそのままにしてください」

コーヒーとお湯の区別がつかなかろうが、そんなものは飲めばわかる。内部まできれいにしてしまうと、新品同様になってしまう。使い込んだ八年近くが失《う》せる。よく働いたカップに失礼だ。

こう思ったのには理由があった。

私の自宅には古い和箪笥《だんす》がある。秋田の祖母が嫁入り道具として持ってきたもので、たぶん百年をかなり越えているだろう。

形見として東京に運ばれてきた箪笥を見た時、改めてその古さを感じた。黒塗りがとてもいいのだが、塗料はところどころ剝げている。引き出しの金具や、運搬用の把《とっ》手《て》などは錆《さ》びている。その上、引き出しはゆがんでいるのか、開閉に一苦労だ。きれいに直してくれる店が都内にあると聞き、そこに出そうと決めた。

だが、何日か見ているうちに、直さない方がいいと思い始めた。これは明治時代から生きてきたのだ。祖母と共に港町土崎の風にも雪にも耐えて、働いてきた。幼い頃の母や伯父、叔母らの衣類もここから出し入れしていたのだろう。

そう考えると、新品同様にするのは冒涜。百年以上の歳月が消えてしまうと思った。私は直すことをやめた。錆は自分で磨いて落としたが、問題は引き出しである。開閉のたびに、ガックンガックンとつかえる。さりとて滑りをよくする油を塗るわけにはいかない。ふと思いついてロウを塗ってみた。素人は紙ヤスリとかロウとか、恐ろしいことをやる。だが、ロウでもさほどの効果はなかった。

ところが不思議なことが起きた。一年ほどガックンガックンと使っているうちに、なぜか開閉しやすくなったのである。人が使い込むと、古い道具は応えてくれるのだと思った。

思わぬことに、大館工芸社からは「こんなに大切に使っていただいて」と感謝されてしまった。

チョコレート色のマグカップは、この原稿を書いている机の上で、今も働いている。

（２０２０年10月18日）

イメージの功罪

二年後、秋田は「秋系８２１」というブランド米をデビューさせる。「あきたこまち」の上を行くというので、早くも評判だ。

私はこのブランド米の名称選考委員を依頼され、二つ返事で引き受けていた。故郷の米の名称に関われるなんて、こんなに嬉《うれ》しいことはない。

選考委員として「秋系８２１」の試食もしたが、さすがのおいしさ！　甘味や粘りに加え、真っ白でふっくらした姿の美しいこと。秋田美人そのものである。

こうして選考に気合を入れていたのだが、コロナ禍で東京はひどい状態。とても秋田での選考会には出席できない。残念だが選考委員を辞退した。

こんなわけで、名称選考にはタッチできなかったが、あきたこまちと共に、秋田米の力を存分にアピールしてくれると思う。

今、東京ではさかんに、あきたこまちのテレビCMが流れている。人気番組の際にも流れるので、見ている人は多いだろう。

女優の安田聖愛《せいあ》さん（潟上市出身）が演じる女子大生は東京在住で、ある日、秋田の祖母宅に行く。祖母は大喜びして、ごはんを作ってくれる。昔ながらの畳の茶の間で、ホカホカと湯気を上げるあきたこまち。煮物や味噌《みそ》汁。

孫娘は何か屈託があるように見える。だが、祖母のごはんによって力が湧いてきたらしく、「おいしい」という表情がいい。白い割烹着《かっぽうぎ》姿の祖母は、そんな孫娘に愛情のこもった目を注ぐ。

秋田のおいしさ、優しさ、安らぎが感じられ、とてもいいCMである。

だが、ふと気になったのは、秋田や米や農家が昔ながらのイメージ通りすぎないかという一点である。

テレビドラマを書く上でも「イメージを裏切らない」ということは、大切な要素である。それによって、見ている人たちは落ち着き、「お約束」の表現に安堵《あんど》する。

CMの祖母は、女子大生の孫娘から考えると、六十五歳から七十歳代前半だろう。現在の秋田の女性たちが、農家であれ商家であれ、どんな家であれ、あそこまでババくさいだろうか。

だからこそ安堵するという狙いを十分に理解しつつも、「東北」「秋田」「家屋」「料理」「孫と祖母」の五要素の、せめて一つか二つのイメージを裏切ってみせる。その面白さも考えられたのではないか。

たとえば、ギンギンに元気な孫娘が、飛び跳ねるように祖母宅に行く。祖母宅はみごとな田んぼの中にある農家。が、テーブルと椅子のダイニングキッチンは、大きな窓からさんさんと陽《ひ》が入る。祖母はシャツにパンツとかで、薄く化粧もしている。髪はCMでも白髪だが、年配者らしい髪型だ。ここはある程度の手入れをしている「グレイヘア」にして、ショートカットがいい。

そして、孫娘にドーンとカレーを出す。薬味にいぶりがっことかギバサとか、八郎潟の佃煮《つくだ》とかが並ぶ。

元気な孫娘は声を上げ、大きなスプーンで頬張る。そしてテーブルにひれ伏すのだ。

「うまーッ！　あきたこまち、おいしすぎ！」

とガンガン食べる。祖母は嬉しそうに孫娘を見て、

「アンタ、元気すぎ！」

と言って、祖母本人もガンガンかっ込む。これはイメージとは遠く離れて効果が見込めないかもしれない。イメージを裏切って失敗することも確かにあるだろう。

だが、いつまでも秋田をイメージのままに表現し、「安らぐ田舎」をアピールすることが、秋田にとっても米にとってもことなのかとも思う。

「秋系８２１」が出るまでに、イメージ戦略をよく考える必要がありそうだ。


（２０２０年11月１日）

消えた歌の風景

男鹿市の佐藤榮一さんは童謡、唱歌の舞台を巡る旅をライフワークとして続けてき

たという。

それが十一月三日付の秋田魁新報で紹介されていたのだが、佐藤さんは東京や愛知など各地の歌碑を訪ね歩いた。そして、その地に由縁の童謡、唱歌の歌碑などを、写真に撮りためた。

私も十数年前から、日本の美しい童謡、唱歌が歌い継がれていないことに、とても大きな危機感を持っていた。少なくとも、団塊世代の私たちが学校で習ったり、祖母や母が歌ってくれたりした歌を、今の若い世代の多くは知らない。故小沢昭一さんの「童謡は老謡になった」という言葉を思い出す。

私は当時、東京都教育委員だったこともあり、平成十八年度版の音楽教科書を調べてみた。文科省認可の中学・高校の全十四冊である。

童謡、唱歌は激減。中高生の感覚や時代に沿った歌が増えていた。例えば英国のロックバンド、ビートルズやクイーンの歌。「世界に一つだけの花」「川の流れのように」なども あった。

言うまでもなく、これらは名曲である。だが、ユーチューブでもCDでも自分たちで聴ける。学校ではそうでない童謡や唱歌を教えてもいい。それらの日本語は美しく、旋律に情感がある。若い人が今は「カッタリー」と言おうが、将来、きっと人間の幅になる。

そこで、私は二〇一三（平成二十五）年、月刊誌に「消えた歌の風景」という連載を始めた。毎月、消えたか消えつつある童謡や唱歌を一曲取り上げ、それについてエッセーを書く。私自身が歌える歌だけを選ぶことにした。この月刊誌は休刊になり、今は同じタイトルで月刊「清流」に連載している。

古い童謡や唱歌を親が歌ってくれたり、幼稚園や学校で習ったと言う人たちは、今でもいる。だが、若い親たちの少なからずは、自分たちも教わっておらず、聴いたこともない。これでは子供に歌い継げない。

私は「清流」に連載するにあたり、十代から七十代までの男女三十人ほどに、「この歌を知っているか」とアンケートを取ってみた。私的な友人知人ばかりで、正式なアンケートではない。だが、信じられないほど知らず、笑える答えが多い。

例えば「虫のこえ」。これは一九一〇（明治四十三）年の「尋常小学読本唱歌」に収められている。百十年も昔の歌だが、アンケートでは「祖母が歌ってくれた」など、二十代でも歌える人たちがいる。この歌は庭に響く虫の音に「あれ？」と気づき「松虫が鳴いているわ」という歌詞で始まる。だが、四十代の男性は子供の頃、「あれま！ツムシが鳴いている」だと思ったそうだ。ツムシという虫がいるのだと。

私がこれまでに取り上げた一部を紹介すると「ないしょ話」「しかられて」「冬の夜」「箱根八里」「牧場の朝」「われは海の子」「里の秋」「さくら貝の歌」等々である。読者の皆様は何曲ご存じだろうか。

消えていく理由は当然、ある。歌詞が古くて、時代に合わなくなっている。「鍛冶屋」「子守り」「ねえや」「いっこく者」など意味がわかるまい。だが、時代に合わないと切り捨てるのではなく、そういう風景や環境で生きた人々のことを、そして情緒ある日本語を、教えることは大切ではないか。

数学者で文筆家の藤原正彦さんは国語力の低下を、「知的活動、論理的思考力、情緒、祖国愛を同時に低下させる。不況で国は滅びないが、この四つの低下は国を滅ぼす」と書く。

私も、何もかもを「めっちゃ」と「ヤバイ」で処理する昨今の若者を憂える。

佐藤さんの歌碑展は、北都銀行男鹿支店で今月末まで開かれている。

（2020年11月15日）

老人は幼児ではない

十一月十七日付の秋田魁新報の「おじさん図鑑」に飛鳥圭介さんが書いていた。運転免許証の更新のために「高齢者講習」を受けよと知らせがあったそうだ。そこで会場の自動車学校に申し込むと、電話に感じのいい女性が出た。ところが彼女、まるで子供をあやすように話すのだという。

「いいですかぁ、言いますよ。×月〇日。書きましたかぁ」

飛鳥さんは同コラムに「もっと普通に話せないものか」と書き、そして「おじいちゃん、いくちゅになりましたか」と言われている気分だと結んでいる。

これを読み、私は友人の父親を思い出した。八十代半ばくらいだったか。病気で緊急入院した。病院はとてもよかったが、看護師が赤ちゃん言葉を使う。

「ワァ！　ごはん、ぜーんぶ食べたの！　えらい、えらい。おいしかった？」

毎日、この調子らしい。父親は耐えきれなくなり、転院してしまった。

自動車学校の女性も看護師も、よかれと思ってやっている。相手は老人なのだから緊張させないようにとか、話が理解できるようにとか、ほめてその気にさせよう等々、考えた結果の赤ちゃん言葉だろう。

「高齢者」は千差万別で、こういう気遣いを喜ぶ人もいるし、ムッとする人もいるのは当然だ。だから、一律に赤ちゃん扱いはまずかろう。

私の別の友人も嘆いていた。彼女の母親はかつて、女学校の教師をしていた。九十代に入っても読書量が多かった。

ところが転倒がもとで、療養型の施設に入居。体は自由が利かず、会話も難しくなった。だが、頭はしっかりしている。訪ねてくる娘の話を聞いたり、新聞を読んでもらうのが楽しみだった。

そんなある日、娘が行くと、食堂で入居者運動会をやっており、玉入れの最中だった。母親は赤いハチマキ姿で車椅子である。玉を投げることはできないため、スタッフが励ました。

「私と一緒に投げよう。ホーラ、イチニのサンッ！うまーい、しゅごーい！」

女友達は私に、

「母は無表情よ。頭はしっかりしてるんだもの、『しゅごーい』と言われてどんな思いがしたか」

と目を伏せた。

すると、秋田魁新報の十一月二十三日付に、老人を子供扱いするなという投稿が出ていた。潟上市の菊地英雄さんからで、飛鳥さんのコラムのわずか一週間後だ。やはり、こういうケースは多いのだろう。

菊地さんの母上は九十歳だが三島由紀夫を読み、新聞は三紙に目を通す。

ところが圧迫骨折し、リハビリ施設に短期入所。その時、入居者は童謡「桃太郎」を歌わされた。八十歳すぎの男性が、あまりの情けなさに号泣していたという。

この男性は、人間の尊厳を傷つけられたのだ。これまで八十余年を生きてきた自分が、なぜ若い係員によって「桃太郎がえり」させられるのか。

また、私の知人女性は、菊地さんの母上のように、知的好奇心を満たす努力を怠らない人だった。九十歳近くの時、入院先で亡くなったのだが、その直前に家族に言った。

「歌、歌おうかな」

弱い声で歌った歌は軍歌だった。軍国少女だったと聞いていたが、彼女は自分の歴史に、ふさわしい歌は軍歌だと思っていたのだ。

高齢者を思いやって、赤ちゃん言葉で接する気持はわかるし、ありがたい。それに、高齢者一人一人に合った対応は、実際問題として難しいだろう。ならばせめて「普通に話すこと」と「幼児用の童謡は外す」ことを考えてもいいのではないか。

（2020年12月6日）

サンタさん、大丈夫？

昔、誰かに聞いた言葉を今もって覚えている。

「サンタクロースの正体に気がついた時、子供は大人になるんだよ」

私が気づいたのは、八歳の時だった。その頃は新潟市に住んでいたのだが、おそらく「サンタってホントにいるのかなァ」と疑問を持ち始めていたと思う。

十二月のある日、茶碗《ちゃわん》でも取ろうとしたのか茶箪笥《だんす》を開けた。その時、奥の方に隠れるようにして、包みが二つあった。当時、新潟市には小林デパートがあり、その包み紙だった。

その時は気にも留めなかったのだが、クリスマスの朝、枕元にあの包みが置かれていた。こういうことだったのかと思った。

やっぱりサンタさんはいないのだと知り、かなりのショックを受けた。だが、二カ月前に五歳になった弟には言わなかった。バラしてはいけないと思ったのではないか。

こんなことを思い出したのは、新潟日報の別刷り「おとなプラス」（十二月四日付）で、心がほっこりする記事を読んだからだ。

新型コロナウイルスのせいで、世界中の子供たちが小さな胸に大きな不安を抱えているのだという。「サンタさんはちゃんと来てくれるのかな」と。プレゼントを心待ちにしているのだから、こう心配するのは当然だ。子供たち自身も「家にいなさい」と言われる毎日なのである。高齢のサンタがトナカイのそりに乗って、家々を回れるか?心配でたまらない。それを知った各国首脳や感染症などの専門家が、フェイスブックやツイッターを通じて返答した。

イタリアのコンテ首相は五歳の少年から、サンタの外出を禁止しないようにとメールでお願いされた。首相は太鼓判を押した。

「サンタさんは（特別な）申請書があるから世界中の子供たちにプレゼントを配れます」

英国のジョンソン首相は、八歳の少年の手紙に
「北極に電話したらサンタは準備万全だった。サンタが素早く安全に行動すれば（感染する）リスクはない」

と強調。その少年は、サンタにお礼のクッキーをあげようと考えていたようだ。

「クッキーの隣に除菌ジェルを置けば来てくれるかな」と書き添えてあり、ジョンソン首相は「良いアイデア」と勇気づけたという。

そして、米国立アレルギー感染症研究所のファウチ所長の答えもいい。

「心配しないで。サンタには生まれつき免疫がある」

また、スコットランド行政府のスタージョン首相の
「サンタは魔法が使えるので安全よ」

には、子供たちもホッとしただろう。

米医療機関の著名免疫遺伝学者は、サンタ側との通話内容を公表した。

「おもちゃの生産は計画通り。トナカイは感染しないので大丈夫」

そして、工場でおもちゃを作っている小人たちが、マスクをつけて社会的距離を取っ

ていると紹介。子供たちに「同じように対策をしよう」と、マスクや手洗いを呼び掛けた。

これなら子供たちも、すぐに実行するだろう。

あどけない子供に対し、首脳たちの答えは胸を打つ。つい先日は、テレビで日本の子供たちの声を放送していた。

「大丈夫かなァ。心配」

「無理だと思うナ…」

菅義偉総理なら何と答えるだろう。きっと、次のようかな。

「大丈夫。サンタさんから毎年、あきたこまちを送ってと電話が来るんだ。あれはすごい力をつけるからって。今年はトナカイの分も送ったら、力一杯に世界中を回るよってお礼の電話があったんだよ」


（2020年12月20日）

見切り千両

受験シーズンに入り、進路を決定する時期が来た。どの道を行くかについて基本的な考え方は、

「本人に任せる。本人の人生だから」

だろう。保護者も教師も多くの大人たちもだ。

私は一九九五年一月に「転職ロックンロール」というテレビドラマを書いた。エリート商社マンの息子が、どうしてもロックンローラーになる夢を捨てられず、大会社を退職してしまう。息子役は実際にロックンローラーの高橋ジョージさんが見事に演じてくれた。しかし、夢の世界は厳しく、バイトで食いつなぎながら、みじめな目に遭うばかり。

最近では昨年十二月に出した小説「今度生まれたら」にも、夢を叶《かな》えるために恵まれた暮らしを捨てる男を登場させている。

私がこの問題に関心を持つのは、当事者がとかく言うからである。

「やらないで後悔するより、やって後悔する方がいい」

しょっちゅう耳にしているうちに、これは単なる免罪符ではないかと思えてきた。つまり突っ込みようのない言葉であり、これを言われると引き下がるしかない。「自分の人生だから」「本人の人生だから」にしてもだ。これらはすべての反論を駆逐する。

しかし、もしも周囲が大反対して、若い人の夢を封じ込めたとする。本人も納得させられ、その道を捨てた。そして、安定した人生を送り、晩年を迎えた。その時、彼はかつて見た「夢」をどう思うだろうか。「夢」という爆弾に火をつけることさえせず、不発のまま抱えて死ぬ。安定した日々だったが、自分の人生は何だったのか。

とは言え、私は現実に、どんな意見にも耳を貸さず、夢に向かって突き進んだ若者たちの、悲惨な人生も見てきた。「あの時、周りの言うことを聞いていれば」と思うことが、果たしてゼロだろうか。

先がまったくわからない道をひとつ選ぶのは、ギャンブルに近い。賭けるのは自分の長い一生だ。

そんな中で、二〇一七年六月十九日付の秋田魁新報に、元県教育長の根岸均さんが寄せた論は忘れられない。

根岸さんは「『本人任せ』の危うさ」として、真っ向から書かれている。進路に関して、とかく「本人に任せる」という風潮の中で、「本人任せ」がイコール「信頼」ではないと断言。私もまったく同感だ。そして、かつての日本は本人の意志を無視する社会であったこともあり、根岸さんは、

「その反動であろうか、現在は保護者の腰が引けていて何事にも本人任せが多過ぎないか。若者が自立を目指すとき、本人とは別の視点から判断材料を提供し、考えさせることが大切だ。『放任』が若者からそうした機会を奪っているとすれば、『命令』と同じように罪深い」

とズバリ。

私は、よくぞお書き下さったと思った。今の世にあって、これはなかなか書けない。すぐに「横暴だ」とか「権威的封建主義だ」とか叩《たた》かれる。だが、それは違う。「本人任せ」は「命令」と同じに罪深いとする考えには、目のさめる思いがする。

根岸さんは「最終決定は本人がすべき」とし、そのためにも親は、

「子どもの将来に対して見解を述べ、時には対峙《たいじ》して彼らの判断に関わる必要がある」

と書く。

そして私は思う。夢を追って失敗に気づいたなら、その時点ですぐに道を変更することだ。それは何ら恥ではない。「もう少し」「もうひと頑張り」とすがるより、「見切り千両」の強さが必要である。

（2021年1月17日）

庄之助の軍配

前回、このコラムに「見切り千両」という一言を書いた。何かを見切る強さは千両に値するということである。

すると、この言葉がよかったと多くの読者から反響を頂いた。思いもせぬことで、とても驚いた。

もうひとつ、同じような精神の言葉がある。

「散り際千金」

人は老若男女を問わず、見切り時や散り際を見極めることが難しい。「もうひとがんばりしよう」とか「今やめたら、これまでのことが無駄になる」とか考える。これは「ネバー・ギブ・アップ」であり、「断じて諦めてはならない」の精神だ。実際、苦節〇年などを経て花開く人もいる。

私は以前に月刊誌で対談のホステスをしていた。毎月、財界、スポーツ界、文化界などから多くの方々がゲストに来て下さった。

その時、私はいつも、

「何をもって、見切り時を決めますか」

と聞いた。

ゲストの中には大会社の社長や、各界で責任の大きな立場にいる人が少なくはなかった。彼らにとって、見切り時の間違いは、自分だけの問題ではない。社運や社員たちの死活に関わる。いつ、何をもって決断するのか。

その中で、非常に印象的だったのは、ある大企業の社長の言葉だった。

「これ以上こだわったら深みにハマる。そう思った時が見切り時ですね」

この大企業は、外国で大損したばかりだった。社長は直ちに撤退、つまり見切った。

上層部の中には「少しでも取り返してからだ」とか「まだ打つ手はある」とかの声があったという。だが、社長は、

「これ以上進んでは深みにハマります。損失の少ないうちに撤退するんです」

と対談でおっしゃった。

この考え方は多くのケースの参考になるのではないか。たとえば妻子ある男性が、不倫相手の女性に結婚をちらつかせながら、いっこうに具体化しない。女性の方は「もう少し待とう」「信じられる人よ」などと思い、ズルズルと続ける。これを「深みにハマった」というのだ。女性は年齢だけを重ね、男性はケロッと家庭に戻ったりする。

人生のあらゆる決断の場で「深みにハマるか否か」を見極める冷静さが重要だと、私は対談で学んだ。

別の大企業の社長は、

「前進しながら、何年に一度か背負っているものを全部下ろしてみる。そして本当に必要なものかどうかを確かめる。必要ないと気付いたものは、グズグズとこだわらず、その場で捨てるんです。そして軽くなった荷で、また歩き出す」

と語っておられた。

確かに、これを何年に一度かやれば、自分にとって本当に必要なものが見えてくる。

かつては必要だと思ったものが、今はもう断ち切り時だとわかる。企業を引っ張っていく人の、思い切った精神がとても印象的だった。

大相撲の立行司木村庄之助は行司の最高位である。その庄之助には江戸時代からずっと、絶えることなく「譲り団扇《うちわ》」が伝わっている。「団扇」とは軍配のことだ。現在「庄之助」は空位だが、誕生すれば譲り受ける。その軍配の表には、

「知進知退　随時出処」

と書かれている。これは

「進むべき時と、退くべき時を知っている。そして、いつでもそれに従う」

という意味である。

そう書かれた軍配を、庄之助は江戸時代から手にしている。そして、その精神を自分に課し、連綿と伝えている。

「知進知退」には「見切り千両」「散り際千金」に重なるものを感じる。そして「随時出処」には強い覚悟を感じる。

（2021年2月7日）

よくぞ秋田に生まれけり

二月七日付の秋田魁新報を読み、思わず「ラッキー！」と声を上げた。秋田の特産品や土産品を扱う「あきたづくし」が、期間限定で約三割引きになるという。

この「あきたづくし」は、いつもはポータルサイトで買うと肉から魚から加工食品から工芸品まで全部二割引きである。そして、二千円以上だと送料無料。それが今月いっぱいは三割引きに近くなるという記事だ。

私が「ラッキー！」と声を上げたのは、昨年末に頂いた「魚介の秋田味噌漬《みそづけ》」があまりにおいしく、申し込もうと思っていたのである。ところがコロナに気を取られ、日がたってしまった。おかげで割引期間に当たったのだ。

私が頂いた味噌漬は、秋田市内の割烹「かめ清」のもので、サーモン、鰆《さわら》、海老《えび》、ハタハタなど八種類の高級魚が切り身になっている。一つずつ冷凍され、きれいな包装である。フライパンやグリルで簡単に焼けて、炊きたてのあきたこまちに合わせると、「よくぞ秋田に生まれけり」と思う。

ただ、約三割引きでも値段は八千五百五十四円で、大メシをかっくらう年代の日常食には贅沢《ぜいたく》すぎる。年配夫婦が晩酌しながら楽しんだり、贈答にも喜ばれそうだ。

他にも秋田牛セットからお菓子まで百事業者が約五百五十商品を出品。餃子《ぎょうざ》とか比内地鶏カレーなど手頃な価格のものも多い。秋田の人たちは意外にこのサイトを知らないようだが、割引きが大きいうちに一度のぞいてみてはどうか。

私は秋田魁新報に掲載される秋田の特産品は、割とよく買う。秋田はおいしいものが多いので、何を買ってもハズレがない。

美郷町のニテコサイダーも、友人たちに出すと人気だった。サイダーの他に炭酸水があり、レトロなビンとラベルがおしゃれ。大きなワインクーラーに何本も入れてテーブルに。まず全員が「これ、どこの⁉」と聞く。大手飲料メーカーから出ているものと雰囲気が違う。炭酸の強度がよく、カルピスを割っても日本酒を割ってもおいしい。

聞けば美郷町の清冽《せいれつ》な地下水で作られ、天然水使用の炭酸水は珍しいという。

また、私の従妹《いとこ》が八郎潟に住んでおり、ある時に「あんごま」（三十個入り千二百六十円）を送ってくれた。「畠栄菓子舗」のこれは、秋田では有名だそうだが、幾らでも食べられる。軟らかい餅の上にこし餡《あん》をのせ、胡麻《ごま》で覆い尽くす。

東京ではあまり知名度が高くないが、友人の一人は「これ、伊勢の赤福と同じくらい有名になっていいよね」とゴンゴン食べる。私の分がなくなりそうでヒヤヒヤした。

そして、おいしい麺がある。秋田市雄和の農家レストラン「ゆう菜家《なや》」のモロヘイヤ麺。これも最初は頂いた。無農薬のモロヘイヤを練り込み、緑色の麺が珍しい。私は特に生麺が好きで、知人に買っておいてもらうが、これもグルメたちに大人気でヒヤヒヤする（十人前二千三百円）。

県民にとっては珍しくもないかもしれないが、秋田の生シイタケは抜群においしい。私は横手の来客からお土産に頂き、その大きさ、肉厚ぶりに驚いた。鍋物はもちろんだが、かさの裏に明太《めんたい》マヨネーズを入れて焼いたり、バター醤油《じょうゆ》で炒めて白ワインと合わせたり。友人たちは「うまーッ」とか吠《ほ》えながらワシワシ食べるので、出さない。東京で買うと高いんだもの。それにシイタケステーキにできそうな、あの見事な姿は高級スーパーでも見ない。

いつも思うのだが、秋田県民は地元のおいしい物を「当だり前《め》」だと思っている。私を「何でもうめがるな」と笑う。当たり前じゃないんだってば！

（２０２１年２月21日）

秋田美人考

「秋田美人、もうやめない？」との声が、県内の三十代から秋田魁新報に寄せられた。これは大きな反響を呼んだそうだ。その後、秋田魁新報は、賛否の意見を中心に、大きな記事にしている。特に反対派の実体験や考え方には説得力があり、「秋田美人という言葉はやめよう」と思わされるに十分。

それをよく理解した上で、私はやめる必要はないと思う。

理由の一つは、今はすべてを個性としてとらえる社会であること。かつては、個人のコンプレックスになっていた数々の要素が、今は個人に備わった個性として見られるようになった。それは百パーセントの広がりには至っていないが、進んでいると思う。私の小中高時代は、そんな考え方はなかった。それでも、たとえば勉強は全教科最低でも、走るのだけは速い子がいた。その子たちは運動会では大スターである。生まれてきてよかったと思っただろう。勉強だけができる子は大勢の中にまぎれて、その子たちに羨望《せんぼう》のまなざしを送るだけだ。

ところが、足の速い子と遅い子が出るのは差別だと、みんなで手をつないでゴールするようになった。足の速い子は、その個性をアピールする場をもぎ取られた。今はこのやり方に否定的な意見もあり、緩んできたとも聞く。だが、ある時期、「平等」の名の下に足の速い子の「個性」をつぶしたと思う。

「美人」も個性だ。社会に出ると、仕事はダメだが美人の誉れ高い人はいた。彼女の話が出ると、「ああ、あのきれいな人」などとなる。彼女にとって、それは神が持たせてくれた個性だった。私はそれを武器にして生きることを肯定する。知力や才能を武器にすることも個性なら、美貌を武器にすることも個性だ。

「平等」を考える時、どうしても「それを持っていない側」を主体に考えがちである。「持っている者は持っていない者に合わせよ」とするなら、それは一方の個性を殺す不平等である。

秋田魁新報の特集記事には非常にいい反対意見があった。『『秋田に美人が多い』ことと、行政が『秋田美人』を広告塔に使うことは別問題」と書く。それは「女性の人格ではなく容姿を『特産品』として扱うこと」としている。非常に納得できる。

とはいえ、行政としては「秋田美人」という全国区の名称は捨て難いだろう。仙台は「杜《もり》の都」と言われる。全国各地には仙台を凌《しの》ぐ杜の都市があるかもしれないが、「杜の都」は仙台だけの枕詞《まくらことば》である。他が「杜の都〇〇」とは使えまい。強烈なセールスポイントだ。

「美人」も同じで、化粧品会社が肌のきめや白さ等を調査すると、必ずしも秋田が一位ではない。だが、一位の都市名を取って「〇〇美人」の名は定着しない。「秋田」と来れば反射的に「美人」と全国の人が言う。どこの都市も「杜の都」や「秋田美人」のような枕詞は、のどから手が出るほど欲しいだろう。

特産品の多くは、そこの風土が生んだものだ。秋田は杉の面積が全国一で、さらに清冽《せいれつ》な水に恵まれている。風土がつくり上げた「特産品」を、セールスポイントとして行政が無駄にしたくない気持はよくわかる。

月刊「東京人」二月号に「セーラー服の百年史」という企画があった。大正時代からの女学生が、制服のセーラー服を着ている写真がたくさん並ぶ。その中でひときわ、もう比べるべくもない美少女がいた。昭和初期の秋田高女生だった。「あげまき」の徽章《きしょう》が刺繍《ししゅう》されたセーラー服姿。彼女は広瀬アリス風で、秋田美人は他とはまるで違った。「風土が生んだ個性だなァ」と思ったものである。

（2021年3月7日）

卒業式の歌

どこの学校も、卒業式は三月だろう。式典で何を歌うだろうか。かつては「仰げば尊し」が定番だった。

私は二〇〇二年から十二年間、東京都教育委員として、多くの公立学校の卒業式に出た。その頃すでに「仰げば尊し」を歌う学校は数えるほどしかなかった。

そして年々、「旅立ちの日に」が取って代わった。生徒たちは歌いながら涙、涙である。昨今の生徒は、「仰げば尊し」でここまで泣かなかったように思う。私はこの曲が卒業式の定番になったことを実感した。

と同時に、なぜ「仰げば尊し」が歌われなくなったのか。非常に関心を持った。少し調べてもみたのだが、時代に合わなくなってきたということも一因ではないか。

「仰げば尊し」の歌詞は、「今こそ別れめ　いざさらば」である。一方、「旅立ちの日に」は「いま別れのとき　飛び立とう未来信じて」である。同じことを言っているのだが、現代の若い人にわかりやすいのは後者だ。前者は「別れめ」も「いざさらば」も実生活では使わなくなった言葉である。意味が取れない生徒も少なくはあるまい。そうであるだけに心に響きようがない。

また歌われなくなった理由として、歌詞の「差別」が問題にされたとも聞く。「身を立て名を上げ」というところである。

人間は平等であり、「立身出世」した人や「名を残した人」と、そうでない人に差はない。だから、それを謳《うた》い上げるのは、大きな不平等であり、卒業式の歌としてはふさわしくない。こういうことのようだ。

現実に当時、東京の公立中学の女性教師は私に言った。

「教師も生徒も同じ人間で、何の違いもないの。だから、生徒が教師を『仰ぐ』のはおかしいのよ」

その通りだが、立場の違いはあるだろうと思った。つまり教える側と教わる側だ。だが、何だか話が通じない気がして、言わなかった。

では今、どんな歌が人気なのかというと、秋田魁新報（二〇一九年三月十一日付）が興味深いアンケート結果を発表している。県内の中学校全百十四校の回答である。

1位　旅立ちの日に（百十四校中三十一校）

2位　3月9日（レミオロメン　同十三校）
3位　友—旅立ちの時—（ゆず　同八校）
4位　道（EXILE　同六校）
5位　絆（同五校）
〃　遥か（GReeeeN）
〃　仰げば尊し

私はよくぞ「仰げば尊し」が5位に入ったものだと驚いた。Jポップなどの現代の曲が居並ぶ中に、まさか五校も歌っているとは思わなかったのだ。

一方、二月二十四日付の秋田魁新報には大仙市の大曲高校の「卒業の歌」について紹介されていた。

同校では昭和四十年代からずっと、独自の歌で卒業生を送り出す。それは作曲家で同校の教員だった高橋馨さんの作品。ショパンの「別れの曲」、ドイツ民謡「別れ」、「今日の日はさようなら」など五曲を組み合わせ編曲している。全部歌うと約十分かかるという。

今年、コロナ下では全校生徒が合唱するわけにはいかない。しかし、合唱部と吹奏楽部の在校生が、この伝統の歌を合唱して録音。たとえ後輩の姿がなくても、伝統の歌で明日に旅立つ卒業生は、どんなに力づけられただろう。

歌に限らず、ファッションでも何でも、「トレンド」は社会の傾向や動向に左右されることが多い。私は卒業式にふさわしければ、何を歌ってもいいと考える。

ただ、その時代の生徒が好む「トレンド」を尊重しすぎては、決して「伝統の歌」として歌い継がれまい。


（2021年3月21日）

もれなく付いてくる

ある昼、男友達が紙袋を提げてやって来た。

「俺がいつも行くレストランの弁当。どうぞ」

「え？　あなたがテイクアウトしてくれたわけ？」

「そう。どこの飲食店もコロナ禍で大変なんだけど、この店もガラガラで。緊急事態宣言は解けたけど、第四波が言われるし」

彼は友人知人たちと、取り決めたという。ずっと愛してきた店と、地元の店には少しでもお金を落とそうということをである。

「幾らにもならないけど、あの窮状はさすがに見ていられないものなァ」

テレビでも連日、町の小さな飲食店やラーメン店、居酒屋等々がいかに経営難に直面しているかと報じている。テレビの報道によると、中には夫婦だけで何十年も頑張ってきた「学生街の喫茶店」もある。OBたちがSNSで窮状を訴え、多くの人がカンパしてくれたという。愛した店や町の思い出の店は、絶対につぶさないという思いを感じる。

こういう愛情は、コロナ禍がひどくなるほどに、表面化したように思う。

私の友人たちにしても、挨拶《あいさつ》代わりに何か品物を贈る時、出身地や地元の名物を選ぶ人が非常に増えた。私は以前から、秋田か岩手か宮城の物を贈っているが、手土産なら地元の小さな和菓子店の大福にした。

友人たちの手土産も、地元一色になっている。自宅近くの居酒屋のおでんパック、煮込み、手焼きせんべい店の欠けたせんべい、野菜。そして地元の店特製の柚子《ゆず》胡椒《こしょう》やドレッシング、豆腐までもらった。が、こんなことで驚いてはならない。女友達の一人は、こともあろうに「ズロース」を持ってきた。今時、こんなデカパンツをはく女性はいないとみんな呆《あき》れたが、昔からの地元雑貨店があえいでいるという。彼女は「少しでも」と、ズロースを人数分買ったのである。

私の大福にしても、おでんや豆腐にしても、有名店の味わいとは違い、また通販をやっていない店の物も多く、結構喜ばれる。何よりも「少しでも地元の力になれないか」の気持がわかるからだ。

そんな時に読んだ秋田魁新報（三月二十五日付）の記事には仰天した。鴨谷珈琲店の試みである。

秋田駅の駅ビル・トピコの同店では、飲み物を一杯注文すると、無料で食事が一品付いてくるのである！　飲み物は一杯五百円からあるそうだ。

記事には写真も出ていたが、目玉焼き添えのスパゲティナポリタン、カレー、各種デザート等々、時間帯によってメニューが異なるのだという。

それにしてもだ。五百円の注文で食事が「もれなく付いてくる」のか。デザートは、アフタヌーンティースタイルの各皿に、ケーキやクッキーがのっている。写真を見る限り、食事やデザートの方が、五百円のコーヒーよりずっと高そうだ。

破天荒な秋田らしさだと感服したが、こんなサービスをやっている店は他府県にもあるのだろうか。

鴨谷珈琲店では、このサービスを開始以来、土日には三百人もが来店する。コロナ禍で一時期は十人の日もあったのにだ。ただ、対応する従業員を増やしたため、売り上げは伸びたものの赤字。破天荒はつらいと私は苦笑したが、店を運営するドリームリンクの渡部栄浩地域統括マネージャーの、

「無料サービスをきっかけに、コロナ禍で往来が減った秋田駅前に多くの人が訪れてくれたらうれしい」

というコメントは意気に感じる。

少額でも地元の店にお金を落とすことが町を生き返らせる。ズロースをどうしようかと考えながら、そう思った。

（2021年4月4日）

「明日への希望」

私は病院に行くたびに、思い知らされる。

日本の高齢化がいかに進んでいるか。

むろん、それは今までにもさんざん言われてきた。だが、さんざん耳にしている言葉は、実感として迫って来ないものだ。またかと聞き流してしまう。

ところが、病院に行くとそれが具体的に目に見える。

ロビーもエレベーターも待合室も、会計窓口も、どこもあふれる高齢者だ。

が、ある時に整形外科の前を通ると、何と若い人たちがいる。整形外科には、スポーツなどで怪我《けが》をしたりという若い人たちが来るのだ。彼らはギプスをつけたり、松葉杖《づえ》をついたりしながら、ピョンピョンと飛ぶように行く。

私はこの「高齢者まれに若者」という光景を見て、「これぞ、目に見える『少子高齢化』だ」と思った。

そして、若い彼ら彼女らを見た時、陳腐な言葉だが「明日への希望」を感じた。どの地方でもどの職種でも、また技能や伝統の継承でも、「明日への希望」たちが欲しいのは当然だ。

だが、若い人は「絶滅危惧種」である。おそらく、欲しい側の多くのケースは「どうせダメだから」と諦め、自分の終焉《しゅうえん》を待つのではないだろうか。

すると四月八日付の秋田魁新報に目を見張る記事が載っていた。それも隣り合った面に大きく二件である。

一件は横手市の山内地域で、伝統のどぶろく造りに五人の三十代、四十代が手を挙げた。「どぶろく特区」の横手市で凄腕《すごうで》を見せてきた坂本勇さんは、八十五歳になり引退を決意していた。

坂本さんの知人がそれを聞き、絶やしてはならぬと地元の伊藤昇平さんに相談。伊藤さんは友人四人に声を掛けた。全員が坂本さんのどぶろく造りに懸ける思いに共感し、受け継ぐことを決めた。

興味深いのは、五人とも本業を持っていることだ。それを続けながら、いい酒を造り、商品展開を考えていくと断じている。そうか、こういう跡継ぎの方法もあったかと思わされた。今までの倍の忙しさになることは覚悟の上。しかし、若いからこそ、その両立ができる。本業以外に自分を生かす場があることは、彼らの心にも風穴を開ける。きっと本業にもいい影響を与えるのではないだろうか。

掲載された五人の写真がいい。雪道と青空を背に、酒屋の帆前掛け姿で威風堂々とした姿。「明日への希望」だとつくづく思う。

もう一件は、北秋田市の秋田北鷹高校の活動だ。

同校では林業の担い手育成のために「森林バスターズ」というボランティア活動を開始。二〇〇八年のスタートから十三年になる。

バスターズの高校生たちは、山に入って木を切り、草を刈る。間伐や枝打ちもやる。十三年間で整備した森林は三十カ所約三十五ヘクタールに上る。発足当初は「高校生には無理ではないか」という声もあった。そう語る佐藤久和教諭は、講習会などによって安全面の懸念を払拭《ふっしょく》させた。

これも写真がよくて、十代のシャープなフェイスラインをした高校生が、ヘルメット姿で太い木を伐採している。まさに「明日への希望」だ。

驚かされたのは、バスターズから林業関係への就職や進学が少なくないこと。二〇二〇年度はバスターズ六人のうち五人がその道に進んだという。市内の林業会社に就職した岡田京之助さんは、バスターズの活動を通じて知った林業への思い、やりがいを語っている。

もしかしたら、高齢者は自分たちが継承してきたものや地域の魅力などを、もっと若い人にアピールする必要があるかもしれない。何か動く前に「どうせダメ」が、自分たちの首を締めてはいないか。


（2021年4月18日）

井川町の英断

手に取った瞬間、不思議な懐かしさを覚える本だった。装丁も、ザラッとした手触りの紙も、どこか活版印刷を思わせる文字もだ。この懐かしさは何だろう…。

そして、ふと気付いた。私が小中高時代に使っていた教科書に似ている。

本は「三山の俤《おもかげ》文の呼吸」という一冊である。南秋田郡の井川町教育委員会が作った。

私に送って下さった三浦衛さん（春風社代表）は、以前から存じ上げているが、同書の制作委員長だと初めて知った。

本書は、井川町が生んだ政治家で文学者の武塙三山《たけはなさんざん》の短編集。三山は秋田魁新報社社長や秋田市長、また現在の秋田放送社長も務めた。その一方、文学者としても小説や随筆を数多く発表している。

私は二〇〇二年から十二年間、東京都教育委員だったのだが、「教科書採択」という重要な仕事がある。公立学校で使う教科書を、幾つかの最終候補から選ぶ。むろん、全教科の全候補に丁寧に目を通す。

その時、今の教科書の騒々しさに、驚きを通り越して呆《あき》れた。全教科とも多色のカラー印刷で、小さな写真やら図表がギッシリ。

これだけでもやかましいのに、余白にはマンガが多用されている。重要な箇所をマンガの男女生徒が示したり、ピースサインを出したり。こんなもの必要か？　その上、重要点は最初から赤字で印刷されていた。

こんな教科書でいいのか。それは全委員が思っていたことであり、「昔の教科書」を参考にすべきだと、幾度も話に上がった。

だが、おそらく、世は「教科書だからと構えるようなものはいけない。明るく楽しく興味を引くことが大切」という風潮なのだと思う。また「わかりやすく」も大きなポイントだっただろう。その結果、この騒々しさだ。

かつての教科書は、そんな配慮などまったくと言っていいほどなかった。ザラッとした紙に素っ気なく文章や数式が印刷され、たまにモノクロの写真や線で描いた絵があった。

子供の学習意欲を高める配慮、工夫はあって当然だが、昨今はそれが過剰ではないか。大切だと思う箇所は自分で判断し、自分で赤線を引く。それが「学び」の基本だろう。的外れな工夫や過剰なわかりやすさは、かえって子供をダメにしないか。

とは言え、私自身もテレビドラマを書く時は「わかりやすさ」に腐心する。特に時代劇は「若い人にわかるか？」と常に考える。

二夜連続四時間五十分の「白虎隊」を書いた時は、新撰組を全部カットした。新撰組と白虎隊は関わりがある。しかし、ヒーローが二組では混乱する。私の実に乱暴な考えである。そのおかげだとは断言できないが、二夜とも17％を超える高視聴率で、全局のトップだった。うれ嬉しい半面、私にはわかりやすくしたことへの忸怩《じくじ》たる思いもあった。

教科書に子供を引き付けたいと、どう工夫したところで、子供は教科書であることをわかっている。飛び付く娯楽雑誌やゲームとは別物である。ならばいっそ、せめて副読本に正当な格調を戻してはどうか。

井川義務教育学校では、「三山の俤　文の呼吸」を六年生から九年生に配布し、国語の授業に活用するという。小学校六年生から中学三年生に当たる。大変な英断だと思う。

三山の文章は、子供たちにとって楽しくはあるまい。しかし、同書は過剰な忖度《そんたく》は一切していない。その一方で、注釈が行き届いている。騒々しい教科書にはない香りを、子供は感じると思う。

「優秀な子が多い」が定説になっている秋田から、正統な副読本運動を展開できないものか。

（2021年5月2日）

壇蜜さんの「解説」

五月十四日に、私のエッセー集が講談社から発売された。もともとは一九九九年に出ているもので、私が四十代前半から数年間に書いたものである。

ご承知のように、文庫本というものは最後に「解説」がつくことが多い。著者と編集者が相談し、「ぜひこの人に」と決めて依頼する。

だが、解説を書くのは楽ではない。丁寧に著書を読み、四百字詰め原稿用紙で十枚ほどを書かねばならない。その上、「解説の方が楽しみ」などと言う読者も多いのである。気が抜けない。

私は今回のエッセー集は、どうしても壇蜜さんに書いて頂きたかった。彼女は週刊新潮に「だんだん蜜味」というエッセーを連載されており、私は毎週、楽しみに読んでいる。ものごとに対する視点、発想がとても面白い。歯切れのいい文章で、自分の考えをスパッと言う度胸の一方、どこかに優しさ、愛情がある。

本業はタレントであり、俳優であるが、文章も書けば著書も出している。私は編集者に、熱っぽく壇蜜さんがいいと言った。が、なぜか編集者は渋っている。これは断られることを懸念しているなと思った。確かに、週刊誌の連載を持っていると、本当に大変だ。書いたらすぐに次の締め切りが来る。それに本業がある。彼女がどんなに多忙かはよくわかる。が、私は粘って言った。

「壇蜜さんに『内舘も同じ秋田出身ですから』って言って口読いて」

困った時の秋田頼みだ。

「いや、僕が言うのは本のタイトルですよ。『別れてよかった』ですよ。壇蜜さん、新婚でしょう。引き受けませんよ」

「そうか。そうよね…」

が、次の瞬間、私は断じていた。

「大丈夫。彼女は『人は別れがあるから、その後で幸せな出会いがあるのよね。別れてよかったっていう現実は誰にもあるのよ』と思いを広げられる人よ」

「そうか。彼女が書いて下さればベストです。頼んでみましょう！」

「ダメなら秋田つながりで押して！」

しつこいほどの秋田頼みである。

すると壇蜜さん、多忙な中、そしてこのタイトルの中、快諾して下さった。

解説はとても読ませる。自分の思いや環境を吐露し、その潔さは切れ味鋭い文章とあいまって、痛快ですらある。以前に日本アカデミー賞新人俳優賞を受賞した時、他を圧倒する名スピーチで、周囲を驚かせたことは今も語り草だ。柔らかな印象でありながらシャープで頭のいい人だ。

実は私は、その「柔らかな印象」にやられたことがある。雑誌に彼女の印象を書いたのだ。

「男に寄り添い、駆け落ちをしてくれそうな女」

ところがである。その後、彼女のトークや書いたものに多く触れて、気づいた。彼女は自分で方向を決め、自分の足で歩き、踏み入って行く人なのだと。

私の当初の印象通りの部分もあるにせよ、または何かに流されることもあるにせよ、それは彼女の根幹をつくってはいるまい。柔らかな佇《たたず》まいと毅然《きぜん》とした自立心。虚実の皮膜を、自分の意志で生きているように見える。みごとである。

私はこの改装版のために二十余年ぶりに全文を読み、校正した。そして、初めてわかった。

四十代は、まだ学生時代が隣にある。「思い出す」とか「振り返る」とかではなく、学生時代が現在に混じっている。

自分自身を考えると、それは五十代以降、どんどん消える。取りつくろう。四十代の不思議な若さは、二十代の真の若さより遥《はる》かに面白い。壇蜜さんの文章とも重ねて、実感する。

（2021年5月16日）

祭りのない夏に

私は秋田市土崎の生まれで、かつてはよく言われた。

「お祖父《じい》さんの嘉藤小三郎さんだば、土崎港曳山《ひきやま》まつりの音頭上げの名人でな。右さ出る者いねがった」

言われるたびに、孫は誇らしかったものだ。今では祖父の名を覚えている人もいるまい。だが、曳山まつりへの熱は私にも少しは受け継がれているのか、幼くして秋田を離れた後も、毎年のように母と土崎に帰るのが楽しみだった。長じてからは、祖父や土崎の人たちを見て肌身にしみた。地元の祭りというものは、地元の人々にとって、体そのものなのだと。祭りは体の一部ではなく、体そのものなのだ。

今年も夏祭りの季節が近づいてきた。なのにこのコロナ禍により、全国各地の祭りが中止や検討に追い込まれている。

五月二十六日付の秋田魁新報には、県内の大型行事の状況一覧が出ていた。秋田竿燈まつり、土崎港曳山まつり、鹿角・花輪ばやしが中止。その後、能代の天空の不夜城も中止になり、西馬音内盆踊りは無観客開催が決まった。大曲の花火、角館祭りのやま行事は判断待ちになっている。

祭りは、やる側も見る側も「超過密」であればこそ、体も心も燃える。お囃子《はやし》や掛け声が響き渡り、見物客が押し合いへし合いして歓声を上げ、怒濤《どとう》の拍手が降り注ぐ。

これだけで「もう死んでもいい」と思うお祭り男、お祭り女はいるはずだ。コロナ禍の今、「命は地球より重いから中止だ」なんぞと諭すのは、正論ではあるが野暮《やぼ》の骨頂。彼ら彼女らは、祭りが終わった当日から、来年の祭りのために生きる人たちなのだ。

経済効果にしても、過密であればこそ、人心を動かすところはある。祭りの夜、観客はソーシャルディスタンスを取って、歓声も会話も酒も禁止で、黙して「鑑賞」せよと。これでは、お金を使う気力が出ないだろう。

前述の秋田魁新報に、秋田の経済関係者の言葉があり、とても印象的だった。祭りの尋常ではない熱気の期間についてだ。

「四日間がただの平日になってしまった」

これは祭りのすべてを表している。

「ハレ」と「ケ」という言葉があるが、言うなれば「ケ」は毎日続く日常生活だ。朝起きて、仕事して、三食摂《と》って、夜寝る。日常はその繰り返しである。そこに割って入るのが「ハレ」の日。祭りはそれだ。毎日の「ケ」とはまるで違い、特別な日。それが「ただの平日」、いつも通りの日常になってしまったのだ。

かつての奉公人にとって、藪《やぶ》入りはハレだった。私が子供の頃には、遠足も正月も誕生日もハレで、家族でデパートの食堂に入る日もハレだった。指折り数えて待つ日だった。今では海外旅行さえケに近い。ハレの日を探す方が難しい。

そんな中で、祭りだけは揺るぎなくハレだ。近くなるとソワソワし、準備するだけで身も心も躍る。「ああ、この町に生まれてよかった」とか「死んでもいい」と思わせるハレは、今や絶滅状態だというのにだ。

そうであるだけに、「祭りの二年連続中止」は全国の地元民をどれほど脱力させているかと思う。

ただ、秋田魁新報にも出ていたが、秋田の各祭りが若年層に技や心を伝えたいと意気込むのが救いだ。土崎港曳山まつりでは毎年「祭りのしおり」を出すが、今年も私に短文依頼があった。祭りが中止でも、地域の伝統行事の精神を若者や子供に伝えるために出すという。

祭りの心や技を伝えることは、祭りそのものにも地元にも力を与える。であればこそ、来年、晴れて再開になった時、若い人たちは空白期間を感じまい。

（2021年6月6日）

何にでもつかまる

六月九日付の秋田魁新報「新・地図のない旅」に、五木寛之さんが書かれていた。

「人は転ぶ動物である」

こう聞くと、気分が楽になる。「そうか、転んで当たり前なのね。特に高齢者は当然よね」と。

私は二〇一一年、アメリカのヒラリー・クリントン国務長官が来日した際、テレビでニュースを見た。その時、「ん？」と思った。彼女は飛行機のタラップを下りる時、さりげなく手すりをつかむ。当時、六十三歳ではなかったか。

以来、彼女が国内外でタラップを下りるシーンを注意して見ていると、多くの場合、さもさりげなく、実はしっかりと手すりをつかみ、笑顔であいている手を上げる。

大統領候補のトップと目された身であり、よろけたりしては大変だ。転んで不様《ぶざま》な姿を見せたりしては、ゴシップメディアが騒ぐ。それ以前に、政治家として頼りにならないと烙印《らくいん》を押されるだろう。早め早めの危機管理である。

バイデン現大統領が、タラップでつまずくシーンをテレビで何回見たか。七十八歳という年齢を考えれば当然のことだ。

五木さんは秋田魁新報で、『あの人も転んだ この人も転んだ』(武藤芳照著)という本を紹介している。爆笑もののタイトルだが、それによると、転んだ人たちの何と多いことか。キューバの逞《たくま》しい政治家F・カストロ、三島由紀夫、若尾文子、ジャイアント馬場等々、「やっぱり、あの人もこの人も転ぶんだわねぇ」と身にしみる。

実は私も転んだ。もとより、ヒラリーのような危機管理精神はゼロ。この転倒話は、以前にこのコラムにも書いているが、二〇一七年四月のことだ。私は満開の桜を見上げながら、坂道を下りていた。仕事帰りで一人だった。

すると突然、本当に突然、派手に転んだ。桜を見上げていて、道路の段差に気付かなかったようだ。コンクリートの坂道に叩《たた》きつけられ、こめかみと右足に激痛が走った。まったく動けず、道行く人たちが助け起こしてくれた。痛みに脂汗を流しながら、すぐに秘書を呼んで病院に行った。

細かく検査し、頭は心配なかったが、足がひどいことになっていた。何と右足の指の骨が五本全部折れ、そればかりか甲の骨も一本折れていた。

九十代の母を心配させることはないと、「一本折れた」だの「複数本折れた」だのとごまかしていたが、治った今だから書ける。実は大怪我《けが》だった。手術ではなく保存療法を選んだので、約六カ月の車椅子生活を余儀なくされた。

転んでみてやっとわかったのだが、転倒というものは突然やって来る。何の前触れもなく、アッと思うより先に、転がっている。高齢者はどこでも、誰にでも「転倒に注意してね」と言われるだろう。だが、突然なのだから、注意していても転ぶ。

私の知人の九十代男性は、寝ようかと椅子から立ち上がるや転倒。右手を突いたため、手首を骨折し、今も以前のようには動かない。椅子から立っただけで、なぜ転んだのか本人もわからないと言う。

また、私の女友達は病気で長期入院。やっと退院する朝、迎えに来た家族とぶつかり、転倒。そのまま再入院である。

ミもフタもない言い方だが、いくら注意の心を払っても転ぶ。ならば、その心を形にするしか方法はない。

とにかく何にでもつかまることである。不安定なもの以外は、何にでもつかまる。ヒラリーでさえ衆目の中、手すりをつかんでいる。転倒後の症状を考えると、多少の老人臭《くさ》さなんて軽いものである。

（2021年6月20日）

子供で賑わう酒店

六月十六日付の秋田魁新報に、とてもいい記事が出ていた。秋田市泉中央の「本間酒店」に、小学生や中学生が連れ立って続々と入っていくのだという。

「なぜ酒屋に子供が？　それも子供だけで…」

誰しもそう思うだろう。

実は本間酒店の店内には、駄菓子コーナーがあったのだ。昔懐かしい風船ガムとかラムネとか、シガレットやこんぶ菓子などが置いてあるのだろう。

学校を終えた子供たちは硬貨を握り、続々と酒店に入っていくわけである。何だかとても心温まる。

店に駄菓子を置き始めたのは十二年ほど前。町から駄菓子屋が消えていく中、二代目社長の本間賢さんが、「近所の子供が友達と立ち寄って遊べる場所がなくなってしまってはかわいそうだ」と思ったことが発端だという。

きっと子供たちは、昔の子供がしたように、しゃがみ込んで駄菓子を選んだり、くじの当たり外れに騒いだりするだろう。「あと二十円で何が買えるか」と必死に選んだり計算したり、昔の子供と同じに真剣な表情を見せるのだろう。

本間社長はご自身も駄菓子好きで、コーナーを拡大していった。秋田魁新報の見出しにある通り、今では、

「酒屋に駄菓子ずらり五百種」

である。

私が東北大の院生だった時、仙台市の中心部に駄菓子屋があった。二〇〇四、五年の頃だ。それは「せんだいメディアテーク」という公立図書館の裏通りに、ひっそりと建っていた。同館は劇場もあり、多くのイベントで賑《にぎ》わい、ガラスを多用した現代的建築物だ。

だが、裏通りはどこか昭和の匂いを残していた。ある日、そこを歩いていて駄菓子

屋を見つけたのだ。

週末は東京に戻る暮らしをしていた私に、友人たちはいつも仙台土産として、ここの駄菓子と曲がりネギをリクエストした。

毎週のように店に行く私は、店主とも子供たちともすっかり馴染《なじ》みになった。どれがおいしいとか安いとか、駄菓子情報もたくさんもらった。店内での子供たちの張り切りようと、土産を手にした友人たちの喜々とした表情を見ていると「駄菓子は日本の文化なのだ」と思ったものである。

友人たちは梅ジャム一袋から、きなこ棒一本から、あんず飴《あめ》一つから、頬を紅潮させて当時を語る。その時代の暮らしや人々の生き方、社会状況に至るまで、幾らでも話は展開された。一方、ＩＴの申し子のような子供たちが、今なお夢中になる。

駄菓子とは不思議なものだ。本間社長が「駄菓子は永遠に続く魅力ある文化」と語る通りだと実感する。

とはいえ、少子化や時代の変化で、全国の駄菓子屋が姿を消しているのも事実である。そこで二〇一九年八月には、一般社団法人「ＤＡＧＡＳＨＩで世界を笑顔にする会」が発足した。

二〇二〇年十月十日付の読売新聞によると、消滅に歯止めをかけないと、日本の「駄菓子文化」がなくなってしまう。関係者はそれを危惧して立ち上がったという。駄菓子メーカーや卸業者など百五十社が賛同し、組織した。

同会は、新型コロナウイルス患者を献身的に支えた医療関係者にも贈ったという。奔走する毎日を送るスタッフは、思いがけない駄菓子の数々に、どれほど喜んだろう。しばし子供の頃に戻り、両親や友人たちを想《おも》ったのではないか。

駄菓子販売は採算が取れないだろう。それでも酒店の一角で駄菓子に夢中になった子供たちは、大人になった時、町の空気までを甦《よみがえ》らせると思う。

これは大人の大きな仕事である。

（2021年7月4日）

赤児が古稀になる

昨年の二月頃だったか、都内の劇団の役者が、コロナ禍で公演がキャンセル続きだと嘆いた。舞台に立つ予定はゼロだという。

「僕ら、舞台に立っていないと芸が退化するんです」

ああ、役者にとってどれほど怖いことだろう。

それからほどなくして、秋田の劇団わらび座から、「七十周年を前にして、倒産の危機にある」という手紙が届いた。やはりコロナ禍で、支援金を一般から募るしかないところまで追いつめられていたのだ。わらび座のある「あきた芸術村」には宿泊施設やレストランもあり、温泉も楽しめる。公演に加え、それらもことごとくキャンセル。

その危機に、私も心ばかりの支援金を送った。役に立てる額ではない。ただ、支援者が一人でも多い方が、劇団と役者たちの力になるような気がしたのだ。「今は苦しくても退化しないよう、精進してね」の願いである。

一劇団が、しかも中央から離れた東北地方の劇団が、七十年間も存続する。それは新生児が古稀《こき》を迎える歳月だ。雪深い秋田から文化を発信し続けて七十年。それは快挙である。一九五一（昭和二十六）年以来、日本社会の浮き沈みや変貌をも乗り越えた力はどこにあったのか。「東北人の粘り強さ」という型通りのものではあるまい。スタッフと役者に、強靱《きょうじん》な進取の精神があった。それは頑として秋田を愛する気持が生んだものだった。私にはそう思える。

それほどの地方劇団が、疫病に負けて倒産していいのか。きっと全国の人がそう思ったのだろう。支援金はわずか一カ月半で、一億円を超えたという。支援者は四十五都道府県から延べ四千人にのぼった。

この数字は劇団の誰もが予測しなかったそうで、「退化するものか！」と再生への力がみなぎったと思う。

わらび座らしいなァとあきれたのは、支援金の額に応じてお礼の品物がつくのである。芸術村の地ビールや、農園のジャムやらだ。私は「倒産を前にしてお礼を送ってる場合かッ！」と心底思った。なのに、あそこの製品は「安全安心」でおいしいからと、つい頂いてしまったのだから、ホントに口先女である。

こうして倒産を免れると、今年の三月に「わらび座支援協議会」を立ち上げた。わらび座と秋田に由縁の方々で組織し、有力な企業や団体がアドバイザーとして名を連ねている。

協議会のもと、この秋田発信の文化を、もっと広げていこうというのである。知名度ももっと上げたいし、ファンの裾野も広げたい。

その名誉顧問には、第二十七代東京大学総長の佐々木毅東大名誉教授、教育評論家の尾木直樹法政大名誉教授、そしてわらび座の脚本を書いたご縁で私も一員に加わった。

ふと思ったのだが、もしかしたらわらび座に最も関心が薄いのは、地元の秋田県民ではないだろうか。集まった支援金の三分の一が秋田からで、三分の二が全国からという数字を見ても、そう感じる。おそらく、秋田県民にとって、鳥海山もおいしい米も酒も、あって当たり前というように、わらび座があるのも当たり前なのかもしれない。

以前に盛岡文士劇の打ち上げの席で、複数の岩手県人が「秋田にはわらび座があるんだよなァ」と羨《うらや》ましげにつぶやいた一言は忘れられない。

この夏、わらび劇場で創立七十周年記念特別公演がある。感染対策を徹底するというので、なぜ全国の人たちにこんなに愛されるのかを観《み》て頂きたい。そして感動したら、サポーター制度「わらび座の会」にご入会を！

（2021年7月18日）

役に立ちたい子供たち

六月二十七日付の秋田魁新報に大仙市の高橋彩幸《さゆき》さん（10）の話が、続く七月八日付には秋田市の佐藤帆音《ほの》ちゃん（6）の話が紹介されていた。二人ともずっと伸ばしていた髪を切り、医療用かつら（ウイッグ）に役立ててほしいと寄付したのである。

これは「ヘアドネーション」と呼ばれる活動で、寄付された髪を子供用のウイッグに作る。抗がん剤の影響などで髪が抜け、傷ついている子供はとても多い。

ところが、子供用のウイッグは非常に少ない上に高価なのだという。オーダーなのだから致し方ないが、治療費や入院費に加えての出費は、家計には大きな痛手だ。しかし、子供心にも親に心配かけまいと、黙って髪の悩みに耐える我が子。それを見る親はどんなにつらいだろう。

そこで髪を一般から寄付してもらい、かつらメーカーの協力の下、十八歳以下の子供たちに無償で提供する活動が広がったのである。発祥はアメリカだという。

むろん、大人も寄付するし、読売新聞（七月十三日付）によると、群馬県太田市の「ぐんま国際アカデミー」中高等部には「女子高生ヘアドネーション同好会」が、男生徒も交えて活動している。その男生徒は将来、医療の道を志し、患者に寄り添う医師になりたいと話している。

実は私はこの活動について、名称程度しか知らなかった。ところがある日、甥《おい》の娘が短いオカッパで遊びに来た。まだ四歳になっていなかったが、ヘアドネーション団体に、十五センチを贈ったという。甥の妻は言った。

「ふつうは三十一センチ以上の長さが必要ですが、大阪の『つな髪』という団体は十五センチ以上なので、小さい子は贈りやすいんです」

聞けば、頭からスッポリとかぶるフルウイッグは、二十人から三十人分の髪が必要だという。待っている子供の方が圧倒的に多く、各NPO法人が「切る人はちょっと待って」と寄付を呼び掛けるのは当然だ。だが、三十一センチ伸ばすには時間がかかる。

甥の娘のように十五センチ程度の場合は、フルウイッグではなく「髪の毛付き　インナーウイッグ」が作れるという。これは頭頂部に髪がないウイッグで、帽子をかぶって使う。私は写真で見たが、帽子から出る前後左右の髪はまったく自然で可愛《かわい》い。

そしてつい先日、自宅マンションのエレベーターで、小学校四年生くらいの少女と乗り合わせた。お尻まで届く黒髪だ。思わず、

「きれいな髪ね」

と言うと、

「病気のお友達にあげるの。ママも伸ばしてるよ」

と誇らしげだった。思えば四歳にならない甥の娘でさえ、私がほめると、

「うん。またあげるの」

と胸を張っていた。

前出の彩幸さんも帆音ちゃんも、とてもいい表情の写真が出ている。彩幸さんは「髪を使ってくれる人には元気になってねと伝えたい」と語る。帆音ちゃんはヘアドネーションの動画を見て、六歳ながら自分からお母さんに「困っている人の役に立ちたい」と伝えたそうだ。

改めて気づかされるが、どんなに幼くても、自分が他者の役に立てる嬉《うれ》しさ、誇らしさがある。大人はそこを忘れてはならないと思う。日本の子供は自尊意識が低いと

言われるが、他者や社会のために小さくても自分ができることをやる。それは親が自尊意識をまっとうに育てることになるのではないか。

前出の読売によると、小児がんで入院していた十一歳の少女は、贈られたウイッグをかぶり、鏡を見た。

「普通に、女の子だ…」

このつぶやきは、一人でどれほど髪に悩んでいたかを物語る。

（2021年8月1日）

精霊馬で帰るからね！

私はお盆になると、まず「精霊馬」を作る。

本来はナスとキュウリに苧殻《おがら》をさして脚にするそうだが、キュウリは「馬」でナスは「牛」である。亡くなった人たちはお盆にはキュウリの馬に乗って帰ってくる。そして、ナスの牛に乗って帰って行く。これは迎える生者たちの「速い馬に乗って帰っておいで」、「帰りはのろい牛に乗ってゆっくり戻りな」という思いからきていると聞く。

私は他にもピーマン、トウモロコシ、人参《にんじん》、大根、じゃが芋、馬車用のカボチャ等々で作る。しおれる葉ものや水気の多いトマト以外は何でも精霊馬にする。脚は割り箸や爪楊子《つまようじ》である。

馬の次には「盆棚」を作る。これも自己流で、塗りの大きな盆に日本酒と盆花を置く。そして、精霊馬を全部載せる。野菜の種類が多いので、押し合いへし合いだ。

これには理由がある。昭和三十一年発行の古い「新俳句歳時記」（山本健吉　光文社）に書いてあったのだ。精霊馬とは、

「本来は無縁の精霊を迎え送る設けであったらしい」

そう知った時、初めて気づいた。せっかくお盆が来ても、無縁仏は帰るところがないではないか。仲間たちは年に一度のお盆に、家族や友人たちが差し回したキュウリの馬に乗り、大喜びで走り去っていく。無縁仏の中には、年老いた者も幼い子供もいるだろう。あまりに可哀想《かわいそう》ではないか。

そうだ、私の縁者たちと一緒に乗って、うちに来ればいい。そこで、たくさん乗れ

るようにカボチャまで配車し、夏野菜がひしめいているのである。

これも同書にあったのだが、「灯をともすことは精霊祭において、本質的なもの」だという。盆提灯《ちょうちん》もそうだろうし、迎え火もだろう。玄関前に門火を準備する祖母が、子供の私に、

「この灯を目印にして、みんな帰ってくるんだよ」

と嬉《うれ》しそうに言っていたことは、今も心に残っている。そこで私は電池式の小さな灯をともしている。

友人知人の中には「死んだらすべて終わり。無になる」と言う人たちがいる。彼ら彼女らにしてみれば、野菜の馬や灯など噴飯物だろう。だが、ここにとても興味深い本がある。

「人は死んだらどこへ行けばいいのか」（佐藤弘夫　興山舎）

私は東北大の大学院で宗教学を専攻したのだが、著者の佐藤弘夫教授に「日本思想史」も学んだ。これがもうとびっきり面白く、生者と死者というものを、そして両者の交歓を、学問的に深く考えさせられた。

中でも印象的だったのは、「現代社会は死者を別の世界へと締め出し、生者とつながることや、行き来する感覚が失われた」ということだった。前述の書には、

「死者との日常的な交流を失った現代社会では、人間の生はこの世だけで完結するものとなりました。冥界は誰も脚を踏み入れたことのない闇の世界と化しました」とある。近代以前は、ここまで死者を遠ざけなかったという。

私はかつて、西馬音内盆踊りを見に行ったことがある。その時、土地の人がどこか嬉しそうに言った。

「踊りの輪の内側では、お盆に帰ってきた死者たちが踊ってるんですよ」

同書は次のように書く。

「生者は死者を必要としているのです。人生のストーリーは死後の世界と死者たちを組み込むことによって完結し、その時初めて私たちは心に深い安堵《あんど》を得ることができるのです」

お盆に何もやらなかった人も、「行くとこない仲間も一緒に今からおいでよ」とキュウリの馬を作ってみてはどうだろう。きっと、生者も死者も嬉しい。

（2021年8月15日）

「北限の桃」？

私が鹿角の「北限の桃」のオーナーになったのは、十五年ほど前だろうか。秋田魁新報の記事がきっかけだった。

誰でも農園の桃の木を一本から買えて、一年ごとに更新する。農園でプロが世話をしてくれて、実がなれば自分の木から桃狩りができる。行けない場合は送ってくれる。それに、出荷は全国の産地で最も遅い九月中旬あたり。「北限の桃」という名もロマンチックだ。私は記事中の佐藤秀果園にすぐ電話し、一本買った。

この桃がおいしい！　親しい編集者に配ると、おいしさのあまりにみんなオーナーになってしまった。

そして今年、その一人の北川達也さんから突然、写真が届いた。大きな皿に丸々とした桃が七つ。添えられた文を読んで驚いた。

「北限の桃を食べて、種を植えたら木に育ち、今年は実がなりました」

彼は潮出版社におり、私のエッセーを『ある夜のダリア』という美しい花の絵本にしてくれた人だ。「迷いの日々には、いつも花があった」という副題からも、彼が植物に関心があると思うだろう。いやいや、私は内心「桜とチューリップの区別がやっとかな」と思っている。それも独身でマンション暮らし。どうやって北限の桃を実らせたのだ。

話を聞くと、おいしかったのでベランダのプランターに種を三粒埋めた。思いついたように水をやっていると、芽が出て葉が出て「勝手に育ってくれた」そうだ。茎が少し太くなったところで、彼は三本を京都の実家に持って行った。実家には庭があり、庭仕事がお好きな母上の下、鹿角の桃は京都でぐんぐん伸びた。

それから三、四年、今年はついに三本の木がすべて実をつけたのだという。

「僕は食べてないんですが、母が『ほんのり甘うて上品なお味やった』と言っていました。それでジャムまで作ったそうですよ」

育てたのは母上なのだが、彼もやはり嬉《うれ》しくなったのだろう。佐藤秀果園の佐藤一さんにも報告した。すると驚かれ、

「実生の桃は、元々の北限の桃とは違う味や特徴を持ち、別の品種ができるんです。元々の桃より品質が落ちるものが多いんですが、たまにすばらしい品種が出たりしま

す。ですから品種改良や新品種を作る際に、実生の桃を使うこともあるんですよ」

とおっしゃったそう。北川さんは、自分ちの桃は「たまに出るすばらしい品種」だと信じて疑わない。

実は前述の『ある夜のダリア』に、彼はもう忘れているだろうが、私は「実生の桃」について書いている。

五十年も昔のことだが、私の実家の庭に突然、何かの芽が出て茎が太くなっていった。庭のドマンナカであり、そんなところに何かを植えるはずもない。

やがて細い木になり、父が桃だと確信した。だが、なぜ桃の木が庭のドマンナカに。するとと弟が叫んだ。

「俺だ！　桃を二個食って、種を二個庭に吐き出した。思い出した！」

何とも行儀が悪いが、二本はぐんぐん大きくなり、桃の節句の頃には夜空を覆うほどの花を咲かせた。

そしてついに実をつけた。父は新聞紙で袋を作り、木に梯子《はしご》をかけて実にかぶせた。結果、大きくて甘い桃が二本から百個以上も、毎年収穫できた。ご近所の人たちも配られるのを楽しみにしてくれていた。

すでに父も桃の木も土に還《かえ》り、実家ももうない。

だが、あの時に「種って生きているんだなァ」と思ったことは今もよく覚えている。動物と違い、植物は何も意思表示できないが、わかっている。愛されれば、鹿角の種が京都で実をつけるのだ。生きているものすべてに、心をかけねばと思う。

(2021年9月5日)

逆に言わない逆

九月十四日付の秋田魁新報「おじさん図鑑」を読み、思わず手を叩《たた》いた。エッセイストの飛鳥圭介さんの連載だが、最近は「逆に」という言葉が日本中を席巻していると書く。

おそらく読者の皆様も「逆に言うとね」という言葉をよく聞くのではないか。私はしょっちゅう聞く。飛鳥さんが書かれている通り、多くの場合、全然逆から言っていないのだ。

飛鳥さんは、時事解説者がテレビで述べていた例を挙げている。

「中国の覇権主義が加速している今、逆に台湾に関して危険度が増している」

これは「逆」どころか同じことだ。つまり、

「中国の覇権主義が加速している今、まさに台湾に関して危険度が増している」

である。逆の視点はどこにあるというのか。

時事解説者でさえこうなのだから、世間は「逆に言わない逆」にあふれている。

「コロナの予防接種は、重症化を防ぐんだって。逆に言うとリスクが減るの」

要は「重症化のリスクが減るの」であり、同じことを言っているだけだ。

「彼女、コロナ禍で仕事を失って無収入だって。逆に言うと生活苦なのよ」

どこが「逆」なのだ。

同じように、最近よく耳にする言葉に「ある意味」がある。

いつだったか雑誌で、時事問題のコメンテーターが叩かれていた。「彼は『ある意味』を連発するが、それはどんな意味なのかまったくわからない」と。世間は「意味不明なある意味」にもあふれている。

「あの人、どんな時でも笑って前向きなの。ある意味、明るい人なのよね」

ここでなぜ「ある意味」と言ったのか。言った人は、「笑って前向き」だけが「明るい」とイコールではないと考えた。「明るい」には多くの要素があるので、その中の一要素として、「どんな時でも笑って前向き」は「明るい人」と言える。そう考えて使った。だが、私にはそこまで考えて使っているとは思えない。

「コロナ感染者数が減ってきて、ある意味安心ね」

これも感染者数が減るのは安心材料のひとつに過ぎないと考えた。そして多くの意味を考えた結果、ひとつの意味として安心だと言った。もちろん、これも数々の意味を考えた上で使ってはいるまい。

いっそ使わなければいいのに、なぜ使うのか。

あくまでも私個人の意見だが、一因には「自分を聡明そうに見せる効果」があるのではないか。決して自分はひとつの視点からものを言っていない。裏から表から多くの視点を考えた上で言っているというような。実際には同じことを言っているのだから、聡明でも何でもない。

もう一因は「ぼやかして言う効果」ではないか。昨今、老若男女ともに明確にものを言わない傾向がある。「～みたいな」「～な感じ」「～って言うか」「～的な」等々だ。それも半疑問風に「～みたいな?」「～な感じ?」とさらに断定を避ける。手紙やメールの文章に（笑）をつけるのもそれだ。（笑）で冗談めかす。言質を取られたくないのだろう。

「逆に言うと」も「ある意味」も、ストレートに言うことを回避しているのではないか。（笑）や（怒）や（泣）もだ。おそらくストレートに言うと相手がどう思うかとか、自分の人間性が問われるようで恐れるのだと思う。

これらの無意味な言葉を使う三つ目の理由は、単なる「口癖」だろう。

言葉は時代と共に変わる。

「明確にものを言わない方が保身できる時代だ」と、そう考えるなら、あまりに情けなくないか。

（２０２１年10月31日）

日本酒飲みて〜！

緊急事態宣言がやっと明けて、東京の人たちは浮き足立っている。当然だろう。酒はダメ、会食はダメ、劇場はダメ、不要不急の外出はダメ等々、コロナ禍のもと、家にいるしかなかったのである。まして、東京は感染者数がケタ違いで一位ときている。各地の人たちは「東京」と聞くだけで顔がこわばり、私の友人知人の多くは帰省できなかった。中には親友の葬儀にさえ参列を断られた人もいる。東京在住者は「疫病の売人」のように思われるらしい。

だがついに、感染予防に気を配りつつも、人間らしく暮らせるようになった。

そんな中で、面白いことに気づいた。酒の解禁に欣喜《きんき》雀躍《じゃくやく》する人たちの、圧倒的多くが言うのだ。

「日本酒飲みて〜！」

普段は別の酒にうるさい人までがだ。たぶん、解放されるとまず、行きつけの居酒屋が浮かぶのだろう。馴染《なじ》みの店主が作った肴《さかな》で飲む酒が、五臓六腑《ごぞうろっぷ》に染み渡る。こうなると、やはり日本酒なのだ。

そんな時、横浜に住む弟から電話があった。何と、言ってくれた。

「日本酒飲みて〜！　赤坂に用があるから『あらまさ』で飲みて〜！」

この店は「魚屋あらまさ赤坂本店」といい、うちからすぐの居酒屋である。その名の通り、秋田の日本酒「新政」のラインナップが充実している。日本酒党の弟はどこで調べたのか、

「入荷状況によるらしいけど、新政No.6のSタイプからXタイプまであるって。これ、高いし、なかなか出すとこないんだよ」

と言う。そこで私と弟と母と、私の秘書のコダマの四人で予約を入れた。コダマは九州・宮崎の女。当然酒豪である。母は九十六歳になっても、酒どころ秋田の女である。

私たちはテーブル席だったが、カウンターから楽しげな声が聞こえてくる。やはり「日本酒飲みて〜！」のグループだろう。

テーブル担当は若くて可愛《かわい》い女性で、もう日本酒に詳しい詳しい。弟とコダマと丁々発止やり合う。酒は飲む側も出す側も嬉《うれ》しくてたまらないのだ。

実は私、日本酒の専門学校に一年間、通っていた。四十代後半だった。米のこと、

醸造のこと、合う料理までみっちりと学んだ。

というのは、「唎酒師《ききざけし》」の資格を取ろうと思ったのである。日本酒に詳しければ、老後は絶対に楽しい。大相撲中継を見ながら、

「この青森の力士、いいねえ。よし、今日は田酒《でんしゅ》だ」

とか、

「ほう、高知出身か。よし、酔鯨《すいげい》いこう」

などと言い、唎酒婆《ばあ》サンは力士の出身地に合わせた日本酒を選ぶのだ。

私はワインの専門学校にも行っている。これも独居婆サン対策で、ソムリエになろうと本気で考えた。ヨタヨタと歩いている婆サンが唎酒師でソムリエ。周囲のド肝を抜くではないか。断捨離だのエンディングノートだの、死ぬ準備三昧《ざんまい》の婆サンより断然面白い。

私は調子に乗り、将棋まで習い始めた。大相撲本場所がない時用の対策だ。そう、詰め将棋をやりながら、一人飲《や》って楽しむのだ。

だが、ふと気づいた。自分だけのためなら、何もソムリエや唎酒師の資格を取らなくていいではないか。難しい試験を受けたくない私は、この考えに飛びついた。

後年、「ワイン、日本酒などの飲み物」に尽力できそうな人として、私は（社）日

本ソムリエ協会から「名誉ソムリエ」の称号を頂いてしまった。試験から逃げたのに称号を得て、世の中わからないものだ。

№6を堪能しながら、今後も飲むことで尽力しようと、都合よく考える夜であった。

（2021年10月17日）

友達はいなくても

コロナの緊急事態宣言が解除になり、忘年会のお誘いが多い。まだ気は抜けないが、誰もがウキウキしている。そんな中で、知人が突然涙ぐんだ。

「娘は友達づくりが下手で友達がいないのよ。コロナで自粛してる間は、みんな友達と会えないからよかったの。でも、今は解除になって、娘は一人ぼっちを突き付けられるのよね」

知人の許可を取ったので書くが、娘さんには腹を割って話せる友達や相談できる友達が一人もいないのだという。ごはんやショッピングを一緒にする友達もだ。「色々と努力してるけどダメで、『私のどこが悪いんだろう』って力なく笑うと可哀想《かわいそう》で。普通の三十五歳よ。嫌われるタイプではないと思うけど」

友達が欲しいのにできないという話はよく聞く。現実に、社宅ママたちの間で仲間外れにされ、心を病んだ人も知っている。

友達はいなければいないでいい。努力してつくる必要はない。私はそう思う。

もう何年も前だが、月刊誌でノンフィクション作家の吉永みち子さんと対談した。そのテーマが「どうやったら友達がつくれるか」というもの。彼女と私が長く親しい関係にあると知った編集部の依頼だった。

彼女とこういう話をしたことはなかったが、ピタリと一致した二点がある。一点は「友達はいなければいないでいい」ということ。もう一点は「親しい友達ができたら、距離を取ってつきあうこと」である。

社宅であれ子供の関係であれ、何とか友達になりたいと思うと、つい必死になる。相手に話を合わせたり、持ち上げたり、嫌われまいと努力をする。相手はそれを十分に察知している。そのため、時には上下関係もできる。それでも友達でいたくて必死になると、相手は足元を見る。何かと命じられることが増える。そして、それをこなしてしまう自分がいる。

今年の三月、「ママ友」の命令で我が子を餓死させた事件が発覚した。母親はママ友に命令され、五歳の男児に食事を与えなくなった。そのママ友は現金もだまし取っていたそうだが、母親は彼女の支えを失うことを恐れていたという。ママ友が逮捕された日も、一緒にいたと報じられた。

このケースは「洗脳」という状況まで進んでいたにせよ、重要なことは友達を欲しがりすぎないことだ。いなくても楽しく生きていく方法を探す方が、ずっとためになる。そんな時、期せずしていい友達ができたりもする。

「友達ってつくるものじゃなくて、なるものよね」

これは吉永さんの名言だが、必死な自分を解放すると、自然にこんな展開もある。その時、距離を取ってつきあうことが、お互いを楽にし、友人関係を一生ものにする。吉永さんと私の一致した意見である。

特に女性に多いと思うのだが、その友達が大切であればあるほど、頻繁に連絡を取ったり、他の人とも親しいことに嫉妬したりする。こんなうっとうしい関係が長続きするものか。

中学生や高校生なら、距離を取るのは怖いだろうが、それは冷淡とイコールではない。長続きさせるにはうっとうしい関係に堕《お》ちないことだ。友人たちも私も加齢と共に、それをわかってきた。

私の師でもあった脚本家の故橋田壽賀子さんは、

「お友達がいないというのは、すごくさわやかです」

と語っている（「渡る世間にやじ馬ばあさん」大和書房）。

長くはない人生を友達づくりのために我《われ》を捨てる。これは断じて「さわやか」ではない。人生の無駄だ。

（2021年11月7日）

おうちのごはん

子供にとって何より嬉《うれ》しいものは、

「おうちのごはんと家族のえがお」

これである。当たり前だと思ったり、ありきたりだと思う人が多いかもしれないが断じて当たり前ではなく、ありきたりではない。

この言葉は、里親制度普及のための広報用に選ばれたポスターの一節である。絵も言葉も、制作は秋田美大生の辻田潤さん。私は十月二十二日付の秋田魁新報で知った。

「里親」というのはご承知の通り、何らかの事情で生みの親と暮らせない子供を引き取り、自分の家族として育てる人たちだ。

親と同じ責任と愛情を持って育てるわけであり、楽なことではない。それは、突然、見知らぬ家庭で暮らす里子の側にしてもだ。

二〇一八年の暮れ、私は（公財）社会貢献支援財団の会合で、東京は八王子市の坂本洋子さんの話を聴く機会があった。坂本さん夫妻は三十年以上にわたり、十八人の里子を育ててきた。身体障がいや知的障がいのある子は里親が見つかりにくいそうだが、夫妻はそういう子も数多く受け入れてきた。当時も五人の里子と、養子縁組をした男子大学生と生活していた。

坂本さんの話は、私たちがまったく気づかない状況ばかりだった。その状況にある子供たちの心理もだ。私たちは家族で暮らし、親に叱られ、きょうだい喧嘩《げんか》をしてきた。それを当たり前として育った者には想像もつかないと言っていい。

ある日、坂本さんはお誕生日を迎える里子を連れて、プレゼントを買いに出掛けた。子供は興奮して里親と一緒に選ぶ。坂本さんは私たちに言った。

「子供たちの多くは、親が買い物をするところを見たことがなく、まして一緒に買い物に行くなんて」

ハッとした。親と暮らしていないと、そういうことさえ未経験なのだ。

辻田さんはポスターを制作する時、小学生時代の運動会を思ったという。祖父母や両親が見に来てくれてみんなでお弁当を囲んだこと。そして夕食時には運動会の話をして嬉しかったこと。そこには当たり前に「おうちのごはん」と「家族のえがお」があった。

親と暮らす子は、その当たり前の幸せに気づかない。それも当たり前だ。

坂本さんの幼い里子たちは「この家で幸せになるんだ」と言ったそうだ。まだ何年も生きていないのに、生活の場を転々としてきた子たちだという。

子供の顔は環境によってどんどん変化するそうだ。里子になり、今は「お母さん」と買い物に行き、「お父さん」が宿題を見てくれる。おうちのごはんを一緒に食べ、自分は大切に思われているとわかる。子供の顔が幸せそうに変化し、坂本さんはそれを見るのが何より嬉しいと微笑《ほほえ》んだ。そして私たちに言った。

「子供には『自分だけの大人』という存在が必要なんですよ」

ある時、大学生の里子に言われたそうだ。

「これまでしてもらったことへの恩は、坂本さんには返さないよ」

そして、断じた。

「自分たちのような子供に返すからね」

前出の記事によると、県内では生みの親と暮らせない十八歳未満の子供は二〇二〇年度末で二百四人。このうち、里親家庭などで生活している子供の割合は17・6%である。この「里親委託率」は秋田県においては低水準で推移しているという。それでも関係機関の啓発活動などにより、近年は増加傾向にある。現に里親登録者は二〇〇九年度の五十七組に対し、二〇二〇年度は二倍の百十九組。辻田さんや秋田美大生たちの啓発ポスターが、里親制度への関心につながってほしい。

（2021年11月21日）

三十二年目の電子レンジ

レンジでスープを温めながら、食器を洗っていた。すると突然、レンジが「ズン」と低く不気味な破裂音を上げた。

その音は初めて聞くもので、瞬間、「レンジ、大往生したな」と思った。そばに行くとランプなども消え、どこを押しても動かない。大往生だとまた思った。

というのも、このレンジは一九八九（平成元）年に製造された東芝製。電子レンジの寿命は十年程度だというのに、今年で実に三十二年だ。製造前年はまだ昭和だ。一度の故障もなく、働き続けてきたのである。

驚いたのは、温めていたスープがホカホカだったことだ。最後の最後まで自分の仕事をなし遂げて死んだことに心打たれ、ついしんみりした。ああ、「ピンピンコロリ」とはこういうことを言うのだなと思った。

そして、新しいレンジが届く前夜、お酒を供えてねぎらった。

この大往生以来、私がおびえているのは冷蔵庫である。これもいつそうなってもおかしくないのだ。

私が今のマンションに越してきたのは一九九四（平成六）年である。二十七年前だ。前の居住者が外国人家族だったそうで、業務用のような巨大な冷蔵庫が台所に残されていた。粗大ゴミを置いていったのだ。アメリカのGE社のもので、白いボディーは薄汚れ、傷だらけ。冷蔵庫の寿命も十年程度と聞くが、すでに十年以上は使っているだろう。だが、ちゃんと動くし、とても使い勝手がよさそうだ。

広い庫内は二段に分かれているだけ。引き出しと卵入れ以外は何もない。丸ごとのスイカを三個は冷やせそうなシロモノ。日本の家電メーカーの冷蔵庫は、多くが細かく分かれている。仕切りを外してもスイカ三個はありえない。

私は運び入れた自分の冷蔵庫は友人にあげ、この古くて巨大なGE製に乗り換えたのである。ちょうどリフォーム会社が入っていたので、薄汚れたボディーには光沢のない銀色の撥水紙《はっすい》を貼ってもらった。もう新品そのもの。そして今も、元気に働き続けている。悪いところは何ひとつない。が、レンジを思うと、いつその日が来るかと怖い。

そんな時、本紙（十一月六日付）で井川直子さんの「二十八年目の冷蔵冷凍庫」というエッセイを読んだ。こんなにも私と同じ体験をしている人がいたとは！

井川さんの冷蔵冷凍庫には「自動製氷もパーシャルもチルドもない。かろうじて庫内に野菜用の引き出しがあるだけの素っ気なさ」だという。うちと同じだ。「その代わり、『冷やす』と『凍らせる』という基本においては、誠に仕事キッチリなのである」と書く。うちもまるで同じだ。

しかし、井川さんの二十八年に比べ、うちは外国人家族が十年使っていたと仮定すれば三十七年目。覚悟しつつも大往生にビビる私がいる。今ではとても他の冷蔵庫は考えられない。

それでもその日はやって来るだろう。そしてきっと最後の最後まで、冷やして凍らせる職務をまっとうするのだ。

ふと「針供養」を思い出した。日本には「モノ供養」という文化がある。「筆供養」「箸供養」等々だ。今まで働いてくれたモノに感謝の意と、より上達を誓い、社寺で供養する。今でも廃れるどころか、スマホ供養とかパソコン供養まであるそうだ。

相手がモノでも、自分のためにこれほど働いてくれた。それに気づくとお酒も供えたくなるし、供養もしたくなる。かつては何でも修理を重ねて大切に使った。モノは長もちで応えた。

大切に使うことこそが生前供養なのだ。殊勝にも私はそう思わされている。

（２０２１年12月５日）

陽はまた昇る

大相撲九州場所で、横綱照ノ富士が全勝優勝を果たして一年を締めくくった。

私はテレビで連日観戦していたが、誰を相手にしても落ち着いていた。それは「横綱」という特別な人間の強さと深さを見せる取り口だった。

照ノ富士は平成二十七（二〇一五）年に、二十三歳の若さで大関になった。相撲は強引なところもあったが、横綱を確実視される逸材だった。

ところが両膝の大怪我《けが》と内臓疾患に見舞われ、勝てない。番付は情け容赦なく下がり、平成三十一（二〇一九）年には、序二段まで陥落。そこから約二年半をかけて復活。横綱に昇進し、そして今場所、すべての力士を退けて全勝優勝である。

相撲をあまり知らない友人たちは、シャラッと言う。

「序二段から横綱になるって、そんなに偉いの？」

私は「バカモノッ！」と怒鳴りたくなるのを押さえ、会社組織に合わせて、優しく解説する。乱暴なたとえだが、こうすると誰でもすぐに納得する。

会社で言えば、横綱は社長にあたる。大関は副社長で、関脇は専務。小結は常務でここまでが役員だ。

以下、部長（前頭上位）、課長（同下位）、係長・主任（十両）。会社で言うなら、ここまでが役付きで、相撲界でも十両になって初めて「関取」と呼ばれる。

その下の幕下は「平社員の上位、中位」だろう。さらに下の三段目は「平社員の下位」か。照ノ富士はもっと下まで落ちた。それが序二段である。序二段の下には序ノ口しかない。序ノ口は新入社員ホヤホヤ。髷《まげ》も結えない新弟子ランクだ。敢《あ》えて言うなら、序二段はそれより少しはマシな「新入社員一年目」というところか。

照ノ富士は社長を確実視された若き副社長から、新入社員一年目まで陥落したのである。

一般の会社と違うのは、相撲界は徹底した番付社会であること。一般の会社ならば、係長が部長より高価なスーツを着ていても、嫌みの一つくらいで済むだろう。相撲界は違う。地位によって想像を絶する格差が付けられている。それを「不平等」とか「人権無視」だとか言っても始まらない。「悔しかったら強くなれ」の世界なのだ。

大関時代は「横綱土俵入り」以外はほとんどが許されていた照ノ富士は、序二段になるとどうなったか。夏は木綿の浴衣、冬はウールの単衣《ひとえ》の着物しか着てはならない。大雪だろうが零下の気温だろうが、コートもマフラーも手袋もダメ。履物は素足に下駄《げた》で、足袋は許されない。チャンコを食べるのも番付順で、下位の力士はお盆を持って立っている。給仕である。

かつては幾人もの付き人を引き連れていた大関が、今度は付き人になる。使い走りからマッサージまで兄弟子の命令に従う。照ノ富士がここまでやらされたかはわからない。だが、序二段はそのランクだ。

大銀杏《おおいちょう》という髷も結ってはならず、化粧廻《まわ》しも塩を撒《ま》くことも許されない。給料はない。関取になると絹の廻しを締めるが、下の力士は黒木綿の稽古廻しで土俵に上がる。

照ノ富士は辞めようと思ったと報じられた。絶望は当然だ。数限りない格差には耐えても、完治が約束されない大怪我と病気が原因では、先に光明が見えない。

そんな中、親方の励ましもあって、肉体面も精神面も鍛え直し、地道に愚直に努力と辛抱を貫いた。投げやりにならなかった。結果、陽はまた昇った。

誰しも苦境に立つことはあるし、絶望することもある。だが、陥落した序二段から横綱になる現実を、私たちは見ているのだ。来年はやり直そうと力が湧く。

（2021年12月19日）

明日の米あり

秋田テレビの番組「秋田人物伝」から出演依頼があった時、光栄なことだと喜んでお受けした。

私が生まれて三歳まで育った土崎港、そこを中心に歩き、インタビューに答えるという形である。

そして昨年末、土崎でロケを行ったのだが、あろうことか、私は病み上がり。もっとも大病ではないだけに、主治医の了解済みだ。ところが土崎の浜風に吹かれると体はフラフラ、足はヨタヨタ。姿勢は悪いし、ひどい姿をさらしてしまった。

私は昭和二十三年九月に、土崎は旭町の母の実家で生まれた。長じてから幾度も行ったが、広い敷地の大きな屋敷だった。

長い長い歳月が流れた今、街の変貌は当然。私の生家は駐車場になっていた。あまりの変わりように、自分がどこに立っているのかわからない。ところが細い小路が昔のままにあり、家の裏口はそこに面していたことを思い出した。あとはもう商店街もご近所も一気に甦《よみがえ》った。

すっかり嬉《うれ》しくなり、東京の母に電話をかけた。

「今、私が生まれた駐車場の前にいるの」

「え？　駐車場でなんか生まれてないわよ」

それはそうだ。

その後、私たちは「土崎みなと歴史伝承館」に向かった。ここにはユネスコの無形文化遺産に登録された「土崎港曳山《ひきやま》まつり」の巨大な曳山が展示され、保存会の太鼓や囃子《はやし》の演奏が人気だという。

私の祖父嘉藤小三郎は、曳山まつりの正調音頭上げの名手だった。赤児の私をお守りする時、音頭上げを歌って揺すっていたと聞く。

今回、私たちも音頭上げや演奏で迎えられた。懐かしい音色にウルッとしていると、どこに残っていたのか、祖父の音頭上げが流されたのだ。わずか三歳までしかいないのに、「ああ、私は土崎の子なんだ」と染み入る。

祖父は浮き沈みの激しい人生を送った人だった。赤い思想で投獄されたり、市会議員になったり、会社経営が軌道に乗ったり、使い込まれて倒産したり。旭町の家は羽振りのいい時のものだろう。

その転変の中にあって、明治男は常に悠然としていた。江戸時代中期の作らしい痩せた僧の像がお気に入りで、手にした鉢には米を入れていた。それを見ては平然とうそぶく。

「鉄鉢に明日の米あり　夕涼み」

明日の米さえあれば何とかなる。ジタバタせずに夕涼みだと。これは良寛の句らしい。祖父の死後、葬儀のドサクサに乗じて、私はまんまとこの像をものにし、自宅に持ち帰った。今は祖母の形見の和箪笥《わだんす》の上で、明日の米を手に夕涼みをしている。

祖父の最後の住まいは、セリオンに程近い場所で、現在は(株)イリサワ秋田支店になっていた。私の思い出に最も残っている家で、「故郷」というと必ずここを思う。夏休みも冬休みも過ごしていた。叔父の秋田高校の友人で、後の作家西木正明さんも来て一緒に浜で遊んでくれた夏の日。今、美しくセリオンタワーが輝くあたりである。

それにしても「故郷」とは不思議なものだ。街も人々も変わっているのに、他の地では得られない安寧を覚える。

岩手出身の歌人・石川啄木が詠んだ故郷の歌で、私は「一握の砂」に収められた一首が一番好きだ。

「やまひある獣のごときわがこころ　ふるさとのこと聞けばおとなし」

誰にとっても故郷とはこういうものなのだと思う。


（2022年1月16日）

駅弁の正しい食べ方

日本人だけでなく、日本で暮らす外国の人たちも、本当に駅弁が好きだ。

JR東日本の新幹線に乗ると、座席ポケットに「トランヴェール」という月刊冊子が入っている。表紙をめくるとすぐに「EKIBENギャラリー」というページがある。これはJR東日本の各駅自慢の駅弁紹介ページ。きれいなカラー写真とおいしそうな文章には本当にそそられる。聞けば、とても人気があるページだという。

私も必ず駅弁を買ってから列車に乗る。するとある時、面白いことに気づいた。

私自身を含めて周囲の人たちは、乗車するとまず、駅弁を座席テーブルに置く。そしてコートや上着を脱ぎ、新聞を開いたりする。東京駅を発車するまでに間《ま》があっても、またお昼時でも夕飯時でも、駅弁には手をつけない。やがて列車が東京駅を出る。だが、動いても食べない。私もだ。

秋田に行く場合、東京の次は上野である。上野を出ると、駅弁を開く人もいるが、まだ食べない人が目立つ。私も食べない。上野を出ると次は大宮だ。この大宮を出ると、おもむろに駅弁を開く人が目につく。私もそうだ。この「発見」は、人々の駅弁に対する心理を表している。

駅弁は列車が動いてから食べるものなのだ。動く車内で窓外の景色など見ながら食べるおいしさ、楽しさ。これが駅弁の醍醐味《だいごみ》で、停《と》まっている中で食べるのは、「駅弁」とは言えない。きっとそういう心理だ。

ならばなぜ、列車が動いても大宮を出るまで食べないのか。ゆっくりと非日常を味わいたいからだ。昼間でもお酒と合わせ、その土地の食材を楽しみたい。東京と上野間は4、5分だし、上野と大宮も二十分くらいである。非日常の駅弁にふさわしい時間ではない。大宮を出れば「こまち」なら仙台まで停まらない。

走る車内で、ゆっくりと一人で箸を使う。これこそが、駅弁の正しい食べ方なのである。

秋田からの帰路、ここでもまた、私は面白いことに気づいた。

秋田新幹線は、秋田駅を出ると大曲駅までの約三十分間、乗客は進行方向と逆を向いて座る。スイッチバックのこの間、周囲を見ていると、駅弁もビールも座席テーブルに置いたままだ。私もである。

大曲から進行方向が変わると、乗客はおもむろに駅弁を開き、缶ビールをプシュッ。

これも「ゆっくりと非日常を楽しみたい」という心理だと思う。いくら列車が動いていても、逆方向に引っ張られる感じは落ち着かないのだ。

駅弁はこれほどまでに人々に愛されている。

誰が決めたわけでもないのに、動く列車とゆったり感にこだわらせる小さな駅弁。たいしたものである。

昨年、本紙で大館の駅弁製造販売「花善《はなぜん》」が、フランスのパリはリヨン駅構内に出店したことを知った。看板商品の鶏めし弁当など六種類を売り、人気だという。この鶏めしはおいしい。私は必ず秋田駅の新幹線改札口横の売店で買う。

ネットで読んだのだが、花善は当初、パリの街なかに路面店を出した。それが軌道に乗ってきて、リヨン駅の出店募集に応募。一度落ちた後、ついに出店が決まった。

社長の八木橋秀一さんは語っている。

「私たちは弁当屋ではなく駅弁屋。駅で売ることにとことんこだわりたい」

乗客のこだわりと重なりいい言葉である。

秋田の味が、リヨンを拠点にEU各国に広がるのも夢ではない。きっと各国の人たちも「EKIBENは列車が動いてから食べるんだよ」となるだろう。


（2022年2月6日）

隆伯父の命日

私の母には「隆」という名の兄がいた。母が結婚する前に戦死し、私は遺影で知っているだけである。

先月末、秋田テレビの「秋田人物伝」に出演した私は、一枚のコピーを渡された。

隆の父親、つまり私の祖父が「秋田魁新報」に出した死亡広告だった。

それを一読するなり、先の戦争で大切な人を失った遺族の慟哭《どうこく》に胸がふさがった。父、息子、夫、兄弟等々の命が、どれほど散ったか。「万歳」と共に出征させた以上、陰ですすり泣くしかなかっただろう。だが、それはまぎれもなく慟哭だった。私は祖父の抑制の効いた広告文に、全国の遺族の悲しみが重なった。以下全文である。

「長男嘉藤隆は比島方面へ出動中の処、昭和二十年四月中マニラ附近の戰闘に於て戰死を遂げたことが此度帰還した戰友に依て確認されましたから知合の方々へお知らせし、併せて生前お世話になつたことを厚く御礼申上げます

尚ほ其筋からは公報も遺骨も來ませんが部隊が秋田を出発した二月二十八日（昭和十八年）を命日と定め、当日自宅に於て近親者のみで佛事を営みます

昭和二十二年二月十三日

秋田市土崎港旭町

父　嘉藤小三郎」

私は何よりも秋田を出発した日を命日としたことに衝撃を受けた。いつ、どこで死

んだのかは全くわからないのだ。その上、遺骨もない。戦争の最中とはいえ、遺族は大切な人の命を、あまりにも雑に扱われたことをどう納得すればいいのか。できるわけがない。

私の父方の祖母は、遺骨がない以上、息子は必ず生きていると言っていたそうだ。そして、岩手県盛岡市の自宅の鍵を何年もかけなかったという。開かないと可哀想《かわいそう》だからだ。だが、私のその伯父も帰っては来なかった。

祖父の広告文を読み、遺族のみならず戦地の兵たちが、どれほどの苦しみを味わったかと思った。私の年齢でさえ戦争を知らず、兵の苦しみを思うことはほとんどない。だが、兵の中には病人も怪我《けが》人もいただろう。食料も衛生状態も最悪なのだから、どんなに苦しかったか。それでも行軍し、戦わなければならない。

今なら入院して手厚い医療や看護を受ける病人が、上等兵に殴られたり蹴られたりしながらも、必死に歩き、戦ったのだろう。その状況下で、戦友がかばい励ますにも限度がある。

隆伯父もマニラのどこかで倒れ、戦友が泣く泣く見捨てざるを得なかったのかもしれない。そして、帰還後、祖父に伝えに来てくれたのだろうか。

『宮柊二「山西省」論』(佐藤通雅・柊書房)という本がある。その中の一首はすさまじい。

「泥濘に小休止するわが一隊　すでに生きものの感じにあらず」

兵たちはろくなものも食べず、疲れ切って目がかすんでも病気でも、重い銃を背負い歩き、戦った。この一首は、そんな兵たちが泥道でやっと小休止する様子を詠んでいる。その姿はもはや、生きものという感じがしなかったのだ。

兵たちは、この苦しみの果てに若い命を散らした。島崎藤村作詞の歌「椰子の実」に次の歌詞がある。

「いずれの日にか　国に帰らん」

死ぬ間際、こう思って父や母、妻子を浮かべ、意識が遠のいたのだろうか。

終戦から今年で七十七年。歴史になってしまうのも無理はない。だが、こうやって戦った人たちを思い出すことは絶対に必要である。

二月二十八日、隆伯父の命日に、私は「全国の兵隊さんと飲んでね」と、秋田の酒を供えるつもりだ。

（2022年2月20日）

「そんな昔」を知る

本紙の「声の十字路」（二月二十五日付）に、にかほ市の佐藤弘子さんが書いていらしたが、私も連載「秋田の伝説」が楽しみである。

二月十三日付の「赤いめし」はとても印象的だった。由利郡由利町の伝説だ。昔、おさんという五歳の娘がいた。父親は貧しい百姓で、食べるのがやっと。だが正直者で有名で、賢いおさんもそういう子だ。

村の金持ちの子は、毎日おさんをいじめる。ついに耐え切れなくなったおさんは、言ってやった。

「おらには、ほんとのおどとおががいるもの。おめぇには、ほんとのかあちゃんがいないべぇ」

金持ちの子の母は、継母だったのだ。継母は怒り、おさんに小豆泥棒の罪を着せて、殺そうとした。そして、代官所の下役とグルになって、おさんの腹を生きたまま切り開いた。

腹の中には赤エビが残っていたが、小豆を食べた形跡はなかった。正直者の親は遺体に取りすがって泣いた。すると、腹の赤エビは何万匹もに増え、下役を襲った。継母の結末は書いていないが、その夫がおさんの祠《ほこら》を建てて詫《わ》びている。継母は叩《たた》き出されるかしたのだろう。

五歳の少女の腹を、その両親の前で切り裂く。残酷な物語だが、各地の伝説や日本昔話、古い童謡には、現代社会なら問題になる残酷な表現が少なくない。

その多くは「善人」と「悪人」が登場する。「赤いめし」も正直者の百姓家族が善、傍若無人な金持ち家族が悪という図式だ。そして、善が勝ち、悪が負けるという結末になる。悪行は必ず自分に戻って来るとして、悪を懲らしめ、善を讃《たた》える。日本の古い物語には「因果応報」「勧善懲悪」が芯として通っている。

たとえば「カチカチ山」。これも「悪」のタヌキを、「善」のウサギがやっつける。タヌキをだまして草を背負わせ、火をつける。その火傷《やけど》に唐辛子入りの味噌《みそ》まで塗る。

「花咲か爺《じじい》」もだ。捨て犬のシロを大切に育てた「善」の爺。シロが「ここ掘れワンワン」と吠えるので掘った。すると財宝がザクザクと出てきた。それを知った「悪」の爺が、シロを強引に借り、吠えた所を掘った。すると、ヘビやゴミがザクザクである。この話は悪い爺が殿様から打ち首にされるまで、徹底して懲らしめる。「舌切り雀《すずめ》」もそんな話だが、今ならこの題からしてアウトだ。

現代では、物語や伝説の残酷な部分は婉曲《えんきょく》に直すなどしてもいるが、この配慮は納得できる。子供には刺激が強過ぎて、眠れなくなったり過剰におびえたりはありうる。ただ、ある年齢になったら、元の物語を伝えることを考えていいのではないか。現代なら考えられないことがまかり通っていた時代の理不尽、そしてその時代に生きた大人の苦労、子供の悲しみなどを、十五歳くらいになれば理解できるのではないか。物語の背後にある貧富や貴賤《きせん》の現実、男女の違い、親の愛情、子の覚悟などを、必ずわかる。私は中高生と会うと、それを確信する。彼らはおそらく、自分を重ねるだろうし、他者を思いやることにも気づくだろう。

また、今は童謡や唱歌も歌い継がれなくなっている。しかし、たとえば「叱られて」にしても、「五木の子守唄」にしても、学齢前後から親と離れて子守奉公に出された女の子を歌った詞だ。時代が違うと切り捨てるのではなく、この残酷さの時代背景、必死に生きた人々を伝える必要があるのではないか。自分が今、何をすべきか。それが見えてくることもあろうと思う。

「赤いめし」のおさんの五年の人生も、考えさせる。

（2022年3月6日）

てっぺんを取れるコメ

その日、本紙の記事を見るなり、私は「勝ったッ！」とつぶやいていた。「サキホコレ」の米袋お披露目記事だ。大きく写真も出ていたのだが、このデザインのいいの何の！　「こう来ましたか」と意表を突かれた。全国のブランド米がしのぎを削る中、私は米袋デザインを見た瞬間、サキホコレは「勝った！」と確信した。天下の原研哉さんのデザインには圧倒される。原さんは世界的なデザイナーである。私よりずっとお若いが、武蔵野美大の同窓で、現在は教授でもある。私も教壇に立っていたので何回もお見掛けしたが、学生たちにとって圧倒的な憧れの対象だった。

そして、真っ白な袋に書かれた「サキホコレ」の書体が抜群にいい。デザイナーの鎌村和貴さんの揮毫《きごう》は、この米の存在感と自己主張を静かに表現している。イラストも多色も使わず、白い袋に黒い文字と赤い落款のみ。それが醸す品格には驚いた。

実は、私はずっと「サキホコレ」という名前には、どうもインパクトを感じられずにいた。名前の公募には、全国から二十五万通も集まったと聞くが、そのトップが「サキホコレねえ…」というのが、正直な気持だった。だからと言って、私にいい名が思い浮かぶでもない。

が、米袋の写真を見た瞬間、「サキホコレ」ほどの名はないと思った。

たとえば新聞の「サキホコレ」という書体は、私は単なる表音文字だと思う。「サ」とか「キ」とかの音を示すだけの。一方、米袋の「サキホコレ」の5文字は意味を伝えている。いわば表意文字だ。咲き誇る稲穂を、白さと艶を、甘みともっちり感を。印刷文字の無性格がよくわかる。

そして昨年の秋、私はサキホコレのサンプル米を頂いた。三百グラム入りの小さな米袋だが、イッチョ前に原研哉デザイン、鎌村和貴揮毫である。すぐに炊いたら、これがまァおいしいこと！　冷めても甘くて、素朴な塩むすびにすると旨味《うまみ》がしみ入る。

由利本荘市の生産者、齋藤靖さんの言葉がすべてを表している（二〇二二年一月一日付）。

「断トツのおいしさ。てっぺんを取れるコメだ」

その言葉通り、今年の三月二日には日本穀物検定協会の二一年産米の「食味ランキング」で、最高の「特A」を取った。正式な流通は今秋であり、「参考品種」として初出品されたものだが、早々の「特A」はすでに力を見せつけている。

美郷町の生産者、佐々木竜孝さんの言葉も印象に残った（三月三日付）。

「ランキングの結果はコメの売れ行きを左右する。特Aを取ることは必須だと思っていたのでほっとした」

このランキングは、ダメとなれば当然の如《ごと》く特AからAに落とす。だから信用もできるのだろう。

テレビドラマを書いていると、やはり視聴率がとても気になる。中には「いいドラマを書くことが大切で、視聴率を気にするのは間違いだ」と言う人もいる。

だが、「いい米を作ることが大切で、売れることを考えるのは間違いだ」と言う人がいるなら、それは小綺麗《こぎれい》な精神論だ。いいものを作ったからこそ、米は売れてほしいし、ドラマは見てほしい。

あきたこまちとサキホコレ、秋田が生んだ両横綱を自信を持ってPRしたいものである。

新潟出身のテレビの視聴率にしても、クチコミの力は非常に大きい。テレビウーマンは方々で言っている。

「小麦の値段が上がったから、パンはやめた。毎食コシヒカリよ。日本一の米だから、まずは食べてみて」

サキホコレが市場で「勝った！」となるためには秋田に関係する一人一人が、この根性を持つ必要があるかもしれない。

（2022年3月30日）

あとがき

二〇〇七年、「秋田県人変身プロジェクト」なるものが、県の総合政策課主導で動き出したと報道された。ちょうど、秋田魁新報で私の連載「明日も花まるッ！」が始まった年だった。

秋田県人は「口下手」だとか「消極的」だとか「いふりこき」だとか、欠点が言われる。一方、「大らか」とか「陽気なラテン気質」とか「情が深い」などの長所も言われる。おそらく、秋田をより発展させるために、また他府県との競争力をつけるために、県民性を変えようというプロジェクトを組んだのではないか。

私はこんなことを考えることこそ、まさしく秋田の大らかさというか、陽気さというか、無謀な熱さだと驚いた。こんなことは秋田以外では考えもするまいあくまでも私個人の意見だが、県民性とはプロジェクトによって変わるものではないだろう。全国すべての地域に独特の県民性があり、世界各国に国民性がある。それは「個性」だと考える。個性はその地の歴史や風土が作ったところもあると思う。なのに、ありきたりな、とってつけた長所だらけにしてどうする。

それこそが「角を矯めて牛を殺す」ことだ。風土や歴史の産物に手を入れ、県民性がどーたらと秋田の細部をいじくりまわす。そして結局は牛そのものを、つまり秋田そのものを殺してしまう。私は本気で危惧した。

すると、著名な秋田県人が笑った。

「大丈夫、プロジェクトは続かないよ。これも県民性でねえ、『秋田のためにガンバロー！』ってアチコチで盛りあがって、翌日には何事もなかったかのように、ケロッとしているんだから」

あれから十五年。連載エッセイ「明日も花まるッ！」は続いているが、「秋田県人変身プロジェクト」の話はトンと聞かない。やはり、何事もなかったかのように消えたのか。あるいは別の名称になって活動しているのか。七月五日付の「秋田魁新報」にも、経済学者の金子勝の言葉が紹介されていた。

「短所を直そうと考えると、いつしかマイナス思考に陥ってしまいます。」

金子は短所を直すのではなく、長所を伸ばせと説く。「短所を打ち消すほどの長所を持てば、やがて短所は短所でなくなる」という言葉は「変身願望」を笑い飛ばす力がある。

本著「心に情　唇に鬼」は鬼が毒を吐いているようだが、秋田に対する私の、内なる情である。私は三歳で秋田を離れたが、ラテン気質の県民性が私にも流れている。そう思うだけで、悪いことは蹴飛ばして生きていけそうな気がする。

秋田には「秋田公立美術大学」という充実した美大がある。前二作も本作も、表紙は同大学の若い才能にお願いした。才能は発表する場がないと力を失って行く。美大生に限らず、県内の十代二十代のヴィヴィッドな才能を、もっともっと起用する場を考えてほしい。

それこそが秋田を変身させる力になる。（文中敬称略）

二〇二二年七月

東京・赤坂の仕事場にて　　内館牧子

内館　牧子　著

心に愛　唇に毒

故郷・秋田のこと、人々のこと。昔のこと、これからのこと―。秋田魁新報で掲載中の人気連載「明日も花まるっ！」をまとめたエッセー集の第1弾。880円。

内館　牧子　著

続　心に愛　唇に毒

たっぷりの愛に、毒を効かせて―。独自の視点で世の出来事を描き出す、秋田魁新報の人気連載「明日も花まるっ！」のエッセー集第2弾。880円。

続 心に情　唇に鬼

著　　者　内館　牧子
発 行 日　2022年９月30日　初　版

発 行 人　佐川　博之
発 行 所　株式会社秋田魁新報社
〒010-8601　秋田市山王臨海町１－１
Tel. 018(888)1859（出版部）
Fax.018(863)5353
定　　価　本体600円＋税
印刷・製本　秋田活版印刷株式会社

乱丁、落丁はお取り替えします。
ISBN 978-4-87020-426-3　c0195　¥600E